中华
ZHONGHUA HUN
魂

百部爱国故事丛书

独树一帜 梨园大师

——著名京剧表演艺术家梅兰芳

周文清 编著

吉林人民出版社

图书在版编目（CIP）数据

独树一帜　梨园大师：著名京剧表演艺术家梅兰芳 /
周文清编著 . -- 长春：吉林人民出版社，2011.3（2021.8 重印）
（中华魂·百部爱国故事丛书）
ISBN 978-7-206-07545-2

Ⅰ.①独… Ⅱ.①周… Ⅲ.①故事－中国－当代
Ⅳ.① I247.8

中国版本图书馆 CIP 数据核字 (2011) 第 032640 号

独树一帜　梨园大师
——著名京剧表演艺术家梅兰芳
DUSHUYIZHI　LIYUAN DASHI
　　——ZHUMING JINGJU BIAOYAN YISHUJIA MEILANFANG

编　　著：周文清
责任编辑：金　鑫　　　　　封面设计：孙浩瀚
制　　作：吉林人民出版社图文设计印务中心
吉林人民出版社出版 发行（长春市人民大街7548号　邮政编码：130022）
印　　刷：北京一鑫印务有限责任公司
开　　本：787mm×1092mm　　1/16
印　　张：8　　　　　字　数：64千字
标准书号：ISBN 978-7-206-07545-2
版　　次：2011年3月第1版　　印　次：2021年8月第2次印刷
定　　价：35.00元

总　序

　　《中华魂》是一套故事丛书。它汇集了我国自鸦片战争以来一百八十余年间的近百位民族英雄、仁人志士、革命领袖、先进模范人物的生动感人事迹，表现了他们作为中华儿女的伟大的爱国主义精神。

　　爱国主义是人们对于"生于斯、长于斯、衣食于斯"的祖国的一种神圣感情，是人们对于自己民族的一种强烈的责任感和使命感，是感召和激励整个中华民族的一面永不褪色的旗帜。在一百多年的中国近现代史上，爱国主义一直激励着中华儿女为祖国的独立、统一、进步和繁荣而英勇奋斗。从"苟利国家生死以，岂因祸福避趋之"的林则徐，到"我自横刀向天笑，去留肝胆两昆仑"的谭嗣同；从"铁肩担道义，妙手著文章"的李大钊，到"青春换得江山壮，碧血染将天地红"的赵一曼；从"县委书记的好榜样"的焦裕禄，到"问鼎长天，扬我国威"的邓稼先……都表现出了强烈的爱国主义精神。正是由于热爱祖国的人们前仆后继地奋斗，国家和民族才得以生存，才能够在一次次历史危急关头转危为安，走向兴盛和富强，从而屹立于世界民族之林。爱国主义是鼓舞中华儿女历经忧患、跨越沧桑、百折不挠、自强不息的伟大力量，它贯穿于中华民族的整个历史，并有力地凝聚着五洲四海的中国人。

爱国主义是一个历史的范畴，在社会发展的不同阶段、不同时期有不同的具体内容。革命时期，需要我们为祖国的独立自主出生入死；建设时期，需要我们为祖国的繁荣富强增砖添瓦。在全国各族人民团结一心，开启全面建设社会主义现代化国家新征程的今天，我们要争做一名新时期的爱国者。新时期的爱国者要有强烈的民族自尊心、自豪感。民族自尊心、自豪感是任何时期、任何爱国者都必须具备的情感。民族自尊心能增强我们自立向上的恒心，民族自豪感能树立我们建设祖国的信心。要树立"祖国高于一切"的崇高信念，为了祖国和人民的利益不惜抛却个人的利益，甚至不惜牺牲个人的生命。我们要树立终身学习的理念，拓宽自己的知识面，广泛吸收新知识、新技术，完善自身的知识结构，更新学习知识的方法与理念，从思想上、知识上充分武装自己，为祖国的繁荣昌盛贡献力量。

爱国主义思想的继承和发扬，是关系到民族盛衰、国家兴亡的根本问题。爱国主义思想情操的形成，需要不断地培养。培养爱国主义精神的一个重要途径是向英雄人物和典范事迹学习和致敬。这套丛书的出版，对于青少年向英雄和先进人物学习，特别是对于在中小学生中进行爱国主义教育是不可多得的生动的教材。祝愿此书出版发行成功，为培养时代新人做出贡献。

胡维革

中华魂

百部爱国故事丛书

编委会

策　划：　胡维革　吴铁光

　　　　　林　巍　冯子龙

主　编：　胡维革　邢万生

副主编：　贾淑文　杨九屹

编　委：　（按姓氏笔画为序）

　　　　　于二辉　刘士琳

　　　　　刘文辉　孙建军

　　　　　李艳萍　吴兰萍

　　　　　谷艳秋　隋　军

我是个拙笨的学艺者，没有充分的天才，全凭苦学。

——梅兰芳

目 录

中华魂 百部爱国故事丛书
ZHONGHUA HUN

出身梨园

1894年10月22日（清光绪甲午年九月二十四日），梅兰芳诞生于北京李铁拐斜街梅家老宅。

当时日益没落的大清帝国，恰逢中日甲午战争，日本在海上瓦解了清帝国的北洋水师。而在这之前，一系列丧权辱国条约，割地赔银，已经压得腐朽的清政府喘不过气，为了支付巨额的赔款，清政府只得想办法向百姓多方盘剥，抽缴苛捐重税，人们的生活苦不堪言。

梅家是当时京城颇有名气的梨园世家。

其中以梅兰芳的祖父梅巧玲最为有

梅兰芳

名。梅巧玲曾学艺于昆曲名师杨三喜、皮黄行家罗巧福，并擅唱京昆。他扮相华丽，台风清新，念白文雅，演《雁门关》里的萧太后活灵活现，有"活萧太后"之称。作为第一代优秀的皮黄旦角艺人，他被列名于艺震京师的"同光十三绝"之中。慈禧太后十分喜欢他的表演，尤其欣赏他那丰满身材所展现出来的雍容华贵风度，曾经谑称他为"胖巧玲"，并给予他"自由出入皇城"的特权。皇家的恩宠，使得梅巧玲声名远播，一时间曾出现"京城千家万户争看胖巧玲"的热闹局面。可惜在梅兰芳出生前很久，他就已经去世了。

梅巧玲

梅兰芳的父亲梅明瑞，字竹芬，原是小生，后改花旦，母亲为杨隆寿之长女杨长玉。梅兰芳的外祖父杨隆寿，为著名皮黄武生演员，在清末时期有"活武松""活石秀"之称，与俞菊笙、姚增禄齐名。

梅兰芳的伯父梅雨田，是著名皮黄音乐演奏家，胡琴、笛子、鼓等，样样精通。梅雨田伴奏的《洪羊

梅兰芳的祖父梅巧玲
在《雁门关》里饰演的
"萧太后"。

洞》和《卖马》唱片，当时被梨园内外的行家公认为一绝。

梅兰芳的父亲梅竹芬，继承父业，也做了皮黄演员，他的相貌、身材极像梅巧玲，又喜欢唱梅巧玲的拿手戏《德政坊》《雁门关》《富贵全》等，很得一些老观众的喜爱。可惜26岁就早早过世了。

梅宅坐落的李铁拐斜街位于北京的正阳门外，这一带是北京戏园子最为集中的地区，道光年间就有11座。

梅兰芳名澜，字畹华，乳名群子，兰芳为他后来的艺名。梅兰芳的伯父膝下没有男丁，梅兰芳作为这个家庭中的长子，成了单传独苗，延续了梅家的香火，因而合家大小尽皆庆贺。

像所有的孩子一样，梅兰芳在他的童年时代过得十分开心。像其他男孩子一样淘气，一样盼着过新年，穿新衣，换新鞋，喜欢吃各种各样好吃的糖果，和其他小伙伴一起掏鸟窝，点炮仗，爬树，因为恶作剧被邻居大骂。这种美好的童年生活成为梅兰芳一生的美好回忆。

然而，生活的阴影却过早地降临在了他的头上。

当父亲因病去世时，梅兰芳还是个刚满3岁的孩子，他甚至还不能准确知道究竟发生了什么事情，更不用说理解父亲去世对他们全家生活的影响了。好在伯父梅雨田接过了抚养梅兰芳的担子，梅兰芳暂时得以衣食无忧。然而，好景不长，两年之后，也就是1900年，八国联军的入侵，把他一家推入了饥寒交迫的困窘境地。

1900年8月13日，由英、法、日、美、俄、德、奥、意八国共40 000万人组成的武装联军，借口保卫他们在北京的领馆和教堂，兵临北京东直门外。他们先用火炮轰毁城墙，继而入城烧杀，纵兵抢掠三日，一时京城上空浓烟滚滚，烈焰熊熊。几经洗劫，北京的官衙、民宅被焚毁，庙会、集市关张，街市上一派萧条景象。京城里已经不能演戏，艺人们无以糊口，只好各自寻找生路。名丑萧长华当时在街头摆摊卖烤白薯，名净李寿山沿街叫卖萝卜和鸡蛋糕，梅兰芳的伯父梅雨田则依靠修理钟表维持生计，不想却招来了很大的麻烦。这时梅雨田已经卖掉了老宅，带领全家搬到百顺胡同居住。在城里到处翻找宝贝的洋人士兵，发现梅家存有较为珍贵的钟表，便经常闯进来勒索，有时候一天之中能闯进来数次。梅家上下终日在惊恐之中过日子。

一天，家里的大门又被一脚踹开。小梅兰芳上前一看，见是一个面孔黝黑的洋兵，便忍不住地冲他嚷嚷起来："你怎么又来了？我认识你，你来过四趟了！"

一边说着，梅兰芳一边用力把他朝门外推，但洋兵一挥手，蛮横地将梅兰芳推倒在地，强行闯入，嘴里还叽里咕噜地操着洋腔："不用你管，叫你们家大人出来！"被推倒在地的梅兰芳，默默地看着这个洋兵将存放在家里的钟表全部抢走，眼睛里闪烁着愤怒的光芒。

亲自经历了受人欺凌的悲惨，亲身体验了国破家亡的痛楚，梅兰芳在心里埋下了对侵略者的怒火。

独树一帜 梨园大师
——著名京剧表演艺术家梅兰芳

祖母对梅兰芳管教甚严。梅兰芳视祖母的教诲为立身处世的指南针。

童 年 学 艺

　　7岁的时候，梅兰芳开始了他的学艺生涯。

　　同民间的手工艺人一样，当时的戏曲演员学艺通常采取的是师徒相传的培训方式，当时的艺人大都文墨不通，全凭历代传下来的剧本一字一句口传心授的教学方法。其中又根据师承来历的不同分为两种方式：一种是"艺学家传"的方式。即父兄辈有从事戏曲行业的演员之家的子弟，他们受长辈熏陶，从小耳濡目染，近水楼台，在父兄辈一点一滴的教导下，慢慢就掌握了舞台技艺，而"艺不轻传"的保守心理

梅兰芳出生地

使得这种代代相传、承继家学的教习方式能够更加便利地学到真本领，故而人称"门里出身"。另外一种是"投师学艺"的方式。即通过别人介绍或者某种姻缘关系，缴纳拜师费用，但是这种学戏方法很不容易，当时江湖上流传着这样的谚语："宁给二亩地，不教一句戏。"意思是别人学走本领自己的饭碗就没了，因此任凭徒弟怎样尊敬师傅，他也不好好教你。这种俗称"手把徒弟"式的师承关系，也是历代戏曲教育中最重要的方式之一。

梅兰芳本来应该很自然地走艺学家传的学艺道路，不幸的是他的祖父、父亲都去世太早，伯父梅雨田又是琴师，当他开始学艺时，家里已经没人能教他了。所以他只能走投师学艺这一条路。

值得一提的是，梅兰芳的自然条件并不好。瘦小的身材，无神的双眼，用他姑母的话来说，就是"言不出众，貌不惊人，眼皮下垂，见人也不会说话"，"天赋并不聪明，相貌也很平常"，眼睛近视、呆滞，体格一般，双臂无力。这对于一个京剧演员来说，几乎可以说是致命的缺陷。

然而，为使梅兰芳尽早继承父业，伯父梅雨田也只好勉为其难了。他请著名小生演员朱素云的哥哥朱小霞来家里教梅兰芳唱戏。《三娘教子》开头的四句老

腔，梅兰芳学了好几个小时还是唱不下来。朱先生一气之下对他说："祖师爷没给你这碗饭吃！"便不肯再教，拂袖而去。但梅兰芳却没有因此灰心丧气，动摇初衷，反而更加以勤补拙。他决心重振家声。后来他成名了，那位老师惭愧地说："我那时真是有眼不识泰山！"梅兰芳笑着答道："我受您的益处太多，当初要不是挨您一顿骂，我还不懂得奋发上进呢！"

从此之后，无论是烈日当空还是数九寒冬，无论是骄阳炎炎还是朔风呼啸，每天清晨，什刹海旁边，总有一个瘦小的身影在那里晃动。踩跷、踢腿、打把子、跑圆场……摔倒，爬起来；再摔倒，再爬起来，冬练三九，夏练三伏，梅兰芳近乎严苛地要求自己练习唱戏的基本功。

——独树一帜　梨园大师
著名京剧表演艺术家梅兰芳

1902年，梅兰芳8岁时，在姐夫朱小芬家正式拜吴菱仙为启蒙老师，后来名声大噪的王蕙芳和朱幼芬都是梅兰芳的同学。梅兰芳很幸运，吴菱仙是"同光十三绝"时小福的弟子，也是梅兰芳祖父梅巧玲的老朋友，以对学生要求得分外严格而著称。他对梅兰芳又似乎另眼相看，要求得更为严格。别人唱20遍，梅兰芳就得唱30遍；别人的身段把式练习，只要学生相互观看监督指点即可，而梅兰芳的每一个身段，都必须经过老师亲自点头过目才算合格。

不光是学戏，梅兰芳的日常起居，也被严格地管束起来。饮食睡眠，都必须有规律，甚至出门散步，探亲访友，都不能乱走。每逢外出，都有人跟着，不许自由活动。

每天清晨，天才蒙蒙亮时，梅兰芳就随着老师到城墙根空旷的地方，遛弯儿喊嗓。用"一""啊"两个字练习闭口音和开口音，由低到高，大约30遍之后，再提起嗓子喊一段道白，发现哪种音哪个字不饱满圆润，就反复练习，直到老师满意为止。然后是吊嗓子、练身段、学唱腔、念本子。一天下来，除了吃饭睡觉外，没有闲着的时候。

学艺生活单调而枯燥。学唱腔时，老师坐在椅子上，学生站在桌子旁边。桌子上摆着一摞铜钱、一个漆盘，老师手里则握着一块长形的木质"戒方"——用来预备按拍，也用来教训学生。一段唱腔，按规定要学20至30遍。唱一遍，拿一个铜钱放到漆盘里，唱够10遍，再把铜钱送回原处，重新翻头。通常学生要是倦了，乏了，困了，老师的戒方马上就会落到头上。不过吴先生虽然严格，却又开通，从来也没有对梅兰芳使用过戒方，最多只是在他打盹儿的时候，用手轻轻地推他一下。

除了完成老师规定的练习外，梅兰芳知道自己天资不如别人，为自己自觉地加大了练功的范围和强度。小小的一条长板凳上，放上一块砖，梅兰芳将双脚绑在两根木棍上，再站到这块砖上，苦练跷功。开始练时，战战兢兢，痛楚异常。一会儿工夫就支持不住了，只好跳下来。天长日久之后，从一炷香的时间到两炷香的时间，站得越来越稳，腰腿也就越来越有劲了。在练习拿大顶的基本功时，时间一长人就会头晕、呕吐，但梅兰芳从不在乎，有时竟昏倒在排练场上。所见之人，无不称赞这个孩子的耐性和倔劲。

1904年初秋，吴菱仙先生考虑到梅兰芳的家庭已经不可能为他单独请教师，也为了让梅兰芳加强舞台实践，所以一直为他留心着各种各样的演出机会。有一次，一个戏班在前门广和楼演出应时戏《天河配》。

吴菱仙与梅兰芳

吴先生和班主商量好，让刚学了2年戏、只有10岁的梅兰芳串演昆曲《长生殿·鹊桥密誓》中的织女一角。这是梅兰芳第一次登台。他比先学戏的王蕙芳、朱幼芬都早上台。

他由吴老师抱着上椅子、登鹊桥。脚踏插满了纸喜鹊的桥身切末，面对着满楼的观众，梅兰芳一边唱，一边看，心里充满着莫名的紧张和兴奋。而梅兰芳甜润的嗓音、俊美的扮相、恰到好处的表演，也赢得了全场如雷的掌声。下台后，吴老师兴奋得连声称赞，梅兰芳的小脸也因为高兴而涨得通红。

就这样，梅兰芳一边学戏，一边走上舞台演起戏来。他不断地在各班里串演小角色，有传统戏，也有时装戏。当时俞振庭组班在文明茶园演出的时装新戏《杀子报》中的两个小孩，就是梅兰芳和李洪春扮演的。

等到朱幼芬、王蕙芳都上了舞台以后，观众渐渐开始对他们的表演有所评价。当时有人评论说梅兰芳的脸死、身僵、唱腔笨，还有人说他将来没有什么大出息。而朱幼芬却以他响亮的高音大为人们赞赏。有好心人对梅兰芳说："幼芬唱得那么亮，你为什么那么闷呢？你嗓子不是也很好吗？"梅兰芳听了，不答不辩，一如既往，于是人们说他有点傻劲。还是当时一位琴师陈祥林先生知底，他说："人们看错了。幼芬在唱上并不及兰芳。目前兰芳的音发闷一点，他是有心在练'a'音，这孩子音法很全，逐日有起色。幼芬是专用字去凑'i'音，在学习上有些畏难。别说兰芳傻，这孩子心里很有谱，将来有出息的还是他。"

不出风头，不走捷径，扎扎实实打好基础，梅兰芳在少年时期就表现出了成熟的心智和秉性。

在吴菱仙老师的辛勤指导下，梅兰芳这种边学戏边登台的生活方式，持续了多年。即使当他13岁，正

梅兰芳与幼年学艺的小伙伴
前排左起：刘砚芳、姚玉芙、梅兰芳、王春林
二排左起：曹小凤、孙砚庭、姜妙卿、迟玉林
三排左起：刘小宝、姚佩兰、姜妙香、朱幼芬

式搭班喜连成后，演唱之余，他仍抽时间去学戏，去学一切对自己的成长有益的戏。

初露头角

　　1908年秋天，梅兰芳跟随喜连成班主叶春善在吉林演出。一天早晨，叶春善偕筹资组建喜连成的开明绅士牛子厚到吉林北山散步。他俩边爬山，边闲谈，忽然发现有一人在小树林里练剑，但见他体态轻盈，动作敏捷，那剑被他舞得寒光闪闪，风声嗖嗖，把自己围在水泼不进的弧光圈里。牛子厚简直看呆了，他生平酷爱京剧，也观赏过不少武术高手的表演，但像今天见到这样的绝伦剑技，还不多，他情不自禁地连连拍手叫好。那舞剑人听到有人喝彩，连忙把剑收住，两颊绯红，用手帕揩拭额头沁出的细密汗珠，恭敬地向牛子厚躬身施礼："牛老板，喜群献丑了。"

　　牛子厚这时近前定睛细看，只见面前这个年轻人仪表堂堂，气度潇洒，举止端庄，真是一

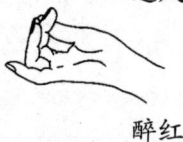

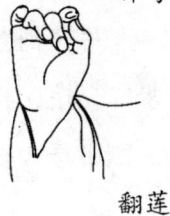

迎风

醉红

伸萼

翻莲

独树一帜　梨园大师
——著名京剧表演艺术家梅兰芳

个挑大梁的料子，便问道："你可曾有艺名？"叶春善接答道："我给他起了个艺名叫'喜群'。"牛子厚沉吟良久说："这孩子相貌举止不俗，久后必成大器，给他更名'梅兰芳'如何？"叶春善师徒二人欣然同意。从此，就用了"梅兰芳"这一享誉国内外的艺名。

梅兰芳开始在舞台上绽放出夺目的光华。

1913年初夏的一天，前门附近的广德楼里，一场"义务夜戏"正预备上演。

那天的阵容在今天看来也极为豪华。谭鑫培、刘鸿声、杨小楼等名角都被邀来参加演出，梅兰芳也在被邀之列。但是，梅兰芳那天正好在湖广会馆有一场堂会，赶不过来，就向主办方要求免了自己的那场戏，管事的觉得既然有了这么多的名角到场，少梅兰芳一出，也没有多大关系，于是便同意了。

但是当观众得知梅兰芳的戏取消时，台下开始骚动起来。一些人大声嚷嚷："为什么没有《五花洞》？""为什么梅兰芳不出场？"戏园里的秩序变得越来越乱，就连谭鑫培亲自出场，也压不住阵了。舞台后的人也着了急，他们一边在台前贴了张纸条，上写"梅兰芳今晚准演不误"9个大字，一边赶往湖广会馆，梅兰芳和王蕙芳正在那儿唱二本《虹霓关》。刚下场，梅兰芳就被堵在了下场门前。

"戏馆里的座儿不答应，请您辛苦一趟。"

"好吧，等我们卸了妆马上赶来。"

"不行，您哪，救场如救火，来不及了，您就上车吧。"

也不等梅兰芳回话，他们就把梅兰芳和王蕙芳推上了车。梅、王二人戴着"头面"，穿着"行头"，坐在车里，互相看看，不禁笑了起来。

《盗宗卷》快演完时，梅兰芳赶到了广德楼。

看他们走进了后台，大管事赶紧迎了上来："好了，好了，救星来了，快上去吧。"

等扮演丫鬟的梅兰芳一上舞台，全场欢声雷动，就仿佛一件丢失了的宝贝又找了回来似的。那种喜出望外的表情，那种兴奋热烈的情绪，传递出了一个准确的信息：梅兰芳已经得到了所有观众的认可。

谭鑫培开始留意起了梅兰芳，并一直在找机会要与梅兰芳合作一次，以亲试其身手。于是，当在一

独树一帜　梨园大师
——著名京剧表演艺术家梅兰芳

《女起解》中梅兰芳饰苏三

次演出前他的搭档陈德霖因故不能前来时，他便很刻意地点名梅兰芳顶替陈德霖。

对于梅兰芳而言，他出道不久便能与谭鑫培这样的大师合作，实乃机会难得，他当然竭尽全力又小心翼翼。他之所以小心翼翼，是因为他也知道谭老板的个性是常常会在台上让对手难堪的。事实也果然如此。那是在合作演出《汾河湾》这出戏，其中一场戏的人物对话应该是：

第一段

薛：口内饥渴，可有香茶？拿来我用。

柳：寒窑之内，哪里来的香茶，只有白滚水。

薛：拿来我用。

第二段

薛：为丈夫的腹中饥饿，可有好菜好饭？拿来我用。

柳：寒窑之内，哪里来的好菜好饭，只有鱼羹。

薛：快快拿来我用。

也不知是有意为之，还是随兴所至，当梅兰芳所饰演的柳迎春念完"……只有白滚水"时，谭鑫培竟来了句"什么叫白滚水"。梅兰芳不由心中一惊，但他不动声色道："白滚水就是白开水。"谭鑫培没想到梅兰芳反应这么快，也无话可说，自然回到"拿来我用"

这句戏词。这显然不能满足谭老板的戏瘾，在接下来的第二段，当"柳迎春"念"寒窑之内，哪里来的好菜好饭"时，谭鑫培抢白道："你与我做一碗'抄手'来。"这次，梅兰芳似乎是有了准备，脱口而问："什么叫作'抄手'呀？"谭鑫培转脸冲着台下观众指着梅兰芳不无嘲弄地道："真是乡下人，连'抄手'都不懂。'抄手'就是馄饨呀。"他以为梅兰芳必定大窘，却不曾料到梅兰芳接着他的话头，说："无有，只有鱼羹。"从而巧妙地将不着边际的谭鑫培又拉回到原来的戏词上。

扬 名 国 际

梅兰芳是我国近代梨园泰斗、戏曲界魁首。泰戈尔是印度著名诗人、作家、艺术家和社会活动家，是中国读者心目中最具地位的外国作家之一。而梅、泰二人相交的深厚情谊，可称为中印文化交流史上的佳话。

泰戈尔对中国一直怀有崇高的感情，他一贯强调印中两国人民友好、合作的必要性。1924年5月，泰戈尔应孙中山先生之邀访华。5月10日恰逢他63岁生日，北京新月社在东单三条协和医学院礼堂，用英文演出了泰戈尔的话剧《齐德拉》以祝贺他的寿辰，这是中国首次上演印度戏剧。当时，梅兰芳参加了演出。剧后，梅泰二人会晤，泰戈尔对梅兰芳说："在中国看到了自己的戏很高兴，可我希望在离京前，还能看到你的表演。"

5月19日，梅兰芳在开明戏院为泰戈尔专演了一场《洛神》，泰戈尔身穿他所创办的国际大学的红色长袍礼服莅临，并聚精会神地观看。梅兰芳翩若惊鸿、宛若游龙般在舞台上歌舞，那清丽优雅而又含蓄深沉的声音如珠走盘、如云绕梁，听着听着，泰戈尔也像青年们一样激动起来，频频鼓掌。散戏后，泰戈尔专门到后台向梅兰芳道谢说："我看了这出戏很愉快，有些感想明日见面再谈。"次日中午，梁启超、姚茫父和梅兰芳一起为泰戈尔饯行。席间，泰戈尔先赞扬了梅兰芳的表演，然后开诚布公地对戏中"川上之会"一场的布景提出了自己的意见。他认为这个美丽的神话剧，应该从各个方面来体现诗人的想象力，但是，剧中所用的布景显得有些平淡。他建议布景色彩宜用红、绿、黄、黑、紫各种重色，以创造出人间不常见的奇峰、怪石、瑶草和琪花，并勾勒金银线框用来烘托神话的气氛。梅兰芳十分赞同和尊重泰戈尔的意见，后来重新设计了那一幕的布景，果然取得很好的效果，并一直沿用下来。

那天，泰戈尔还即兴赋诗一首，并用毛笔写在一纨扇上，赠予梅兰芳留念。原诗是孟加拉文，泰戈尔又亲自译成英文，一并写在上面。写罢，还兴致勃勃地朗诵给大家听：

亲爱的，
你用我不懂的语言的面纱
遮盖着你的容颜；
正像那遥望如同一脉缥缈的云霞

独树一帜 梨园大师
——著名京剧表演艺术家梅兰芳

被水雾笼罩着的峰峦。

梅兰芳非常礼貌地双手接过了承载着真挚友情的团扇，并对泰戈尔表示了真诚的感谢。他想：泰戈尔老人居然能在我国绢制的团扇上面，用我国的毛笔书写外文，而且章法甚美。我何不也用外国传来的钢笔，在汤定之大书法家送

我的白纸折扇上面书写一段《洛神》最美的唱词，回赠给泰翁作为永久的纪念呢？于是，梅兰芳对泰戈尔说："我也书写一把折扇赠您，以为本人的郑重答谢！今夜就写好。"

第二天，梅兰芳带着亲自写好的白纸折扇，去为泰戈尔送行。泰戈尔接过折扇，打开一看，在白纸扇上，行距井然地呈现出一排排用钢笔书写的字体秀整、

《嫦娥奔月》剧照（梅兰芳饰嫦娥）

气韵生动的中国方块字儿。徐志摩当即一句句口译给泰戈尔听："满天云霞湿轻裳，如在银河碧河旁。缥缈春情何处傍，一汀烟月不胜凉。"接着，徐志摩又用英语一句句解释给泰戈尔，泰戈尔一面听，一面频频点头。最后，徐志摩又加注道："这是《洛神》登场时唱的一段词，也是梅先生亲自参与写定的。"一听此话，泰戈尔说："好，好，这也是一首好诗，清丽得像洛神，也像梅先生本人！"随同泰戈尔访华的还有一位印度大画家难达婆，在观看了梅兰芳演的《洛神》后，专门绘了一幅《洛神》油画，气势磅礴、美丽动人，观者无不赞赏。当年泰戈尔由华回国前，曾希望梅兰芳率剧团访问印度，以使印度人民能有机会欣赏到他的艺术，遗憾的是，种种原因，梅兰芳一直未能践约。

后来，梅兰芳在《忆泰戈尔》中说："……更使我感动的是，吴晓玲夫妇还谈到：在泰戈尔纪念馆——泰翁故居的大厅东面窗前，摆着一个特制的保存留声机片的大橱，其中大部分是我的戏剧唱片，以及前辈表演艺术家谭鑫培先生等的唱片。……那还是老百代公司的钻针唱片，当年是我经过仔细选择后赠送的微薄礼物。"梅兰芳当时送给泰戈尔的唱片有——京剧：谭鑫培的《碰碑》、梅兰芳的《嫦娥奔月》《汾河湾》《霓虹关》和《木兰从军》；昆曲：俞粟庐的《三醉》和《拆书》；蒲剧：元元红的和小红秀的《南天门》等。……当年泰戈尔赠予梅兰芳的纨扇，以及画家难达婆所绘的大型油画，现在都珍藏在北京梅兰芳纪念馆内。

从那以后，梅兰芳与国际友人的交往慢慢多了起来。

1925年11月，梅兰芳与美国先驱舞蹈家罗丝·丹尼丝、泰德、萧恩3人在北京同台献艺。

1926年6月，意大利驻华大使及夫人偕美国、西班牙、瑞典大使及夫人到梅兰芳住宅看望他，并合影留念。

"兰蕙齐芳"之前，梅兰芳是经常要向表兄王蕙芳（右）讨教的。

1926年8月，日本著名戏剧演员守田勘弥和村田嘉久子等50余人到北京献艺。梅兰芳热情接待了他们，并借大方家胡同李宅为他们洗尘。日本剧团假座开明剧场进行了3天的表演，梅兰芳与王凤卿、刘景然、朱桂芳、龚云甫等也同台演出了《战蒲关》《金山寺》《六月雪》等剧目。

1926年10月，瑞典王储夫妇由瑞典大使夫妇陪同，到东城无量大人胡同梅宅访问梅兰芳。梅兰芳为他们表演了《霸王别姬》《琴挑》二戏，还与王储互赠了田黄兽头图章和亲笔签名的照片等礼物。临别前合影留念。

《霸王别姬》剧照（梅兰芳饰虞姬，杨小楼饰楚霸王）

独树一帜 梨园大师
——著名京剧表演艺术家梅兰芳

文 化 大 使

1930年2月16日，梅兰芳在纽约百老汇进行首场演出。

3天之后，2个星期的戏票被预售一空，后来又不得不在国家剧院续演了3个星期。

离开纽约，梅兰芳一行人来到芝加哥，在公主戏院进行了为期两周的演出。结束后，又到了美籍华人的密集居住区——旧金山，先在提瓦利戏院试验演了1天，再移至自由剧院演出了5天，最后，在科皮陀儿戏院演出了7天。接着，他们到了洛杉矶，在联音戏院演出了12天。然后乘船赴夏威夷，在自由剧院演出了12天。

半年多的访问演出期间，无论梅兰芳走到哪里，都会受到当地的盛大欢迎和热情接待。在他们的眼里，梅兰芳不仅是中国戏曲的化身，更重要的是中国文化的使节。对于第一次踏上美国大陆的中国戏曲代表团，政界、学界、商界以及一切社会有关力量，都竭心尽力地竞相表示了他们的热情。

梅兰芳到达纽约之后，当时中国驻美大使伍朝枢也开始忙了起来，很多政界要人的电话纷纭而至，内容相同：打听梅兰芳的消息，并希望看到梅兰芳的演出。于是，伍朝枢便特约梅兰芳到华盛顿演一场戏。那天晚上，国务院的全体官员，各国大使以及地方官僚，一共500余人，都前来观看。演完戏后，伍大使介绍梅兰芳与大家一一握手，情绪极其热烈。

除了政界、艺术界外，纽约商界也赶来凑热闹。几大商店派人来商量，想借梅兰芳的行头在商店的玻璃橱窗里陈列几天。答应了他们的要求后，那些商店的橱窗前果然是人头攒动，熙熙攘攘，围看者络绎不绝。

就在那几天里，纽约一家大花厂的经理找到梅兰芳说："我们厂出了一种新花，还没有起名字。我想把

梅兰芳与我国驻美使馆人员

它叫作'梅兰芳 花
'，一来做梅君到纽
约的纪念，二来我们
厂里可以借这个机会
宣传——使人容易注
意。梅君愿意答应
吗？"梅兰芳立刻就
答应下来。那位经理
特别高兴，让梅兰芳
和花在一起照了一张
相，到各处去宣传，
果然全市轰动。

几天之后，"鲜花

梅兰芳访美前的准备工作
细致周密，连"歌曲谱"都提
前印好。为了让美国人看得懂，
还特地请音乐大师刘天华用五
线谱谱曲。

展览会"开幕，他特意请梅兰芳等人去参观。一进会
场，就像置身于一片花的海洋。各种各样的花卉烂漫
如锦，争奇斗艳。远远望见一群人挤在一处，围观着
什么。走近一看，才知道是这位经理的杰作。吸引了
人们目光的，是和花摆在一处的梅兰芳的照片，和这
位经理精心撰写的一大篇说明。

纽约社交界重要人物之一的沃佛兰女士，在梅兰
芳演出的3个星期中，一共看了16场。演出结束后，
她请梅兰芳等人到她家吃饭。她家坐落在纽约市外河

边上，占地极大，里面装饰得像一个大花园。主人对梅兰芳的光临非常高兴，想留下一点纪念。当得知梅兰芳那年36岁时，便特意买了36株梅树，在园子里另开了一块地，请梅兰芳破土，当天栽种，并将这片梅林命名为"梅兰芳花园"。

一位旅居巴黎的罗马尼亚老画家，曾为数国的君主、皇后画过像，在国际画坛享有盛誉。梅兰芳在纽约演出时，他也恰巧来到纽约展览自己的作品。看了梅兰芳的几次演出后，他找到梅兰芳说："我在巴黎的时候，就常常听说您的大名，那时候总想怎么才能和您见一面呢？恰巧我们在同时到纽约了。我连着看了您的两回戏，才知道您的艺术实在高超，真可以称得起是世界的大艺术家。我很想为您画一张相——绝不要报酬，希望梅君答应我。因为这张画于我于梅君都有益处。一则我这张画绝不卖，将来回到巴黎时，把它捐到法国国家美术馆，我想这于梅君将来到巴黎演戏时一定有点影响；二则将来我准备到东南亚游历一次，我若能把这相制成印刷品，作为宣传，一定于我有很大的益处。所以我希望梅君牺牲四五个钟头的时间，容我画一张。"

其人侃侃而谈，情真意切，使人觉得无法推辞，梅兰芳一口就答应了下来，请他画了一张《刺虎》的

独树一帜 梨园大师
——著名京剧表演艺术家梅兰芳

画像。后来梅兰芳到芝加哥演出时，这位画家也跟到了那里，并将这张画像悬挂在芝加哥一个美术馆的门口。于是，那门口每天都是熙熙攘攘的，围观的人不断。

030

一时间，前来接洽为梅兰芳照相、塑像、画像、拍电影的络绎不绝。

高鼻深目的外国人彻底被梅兰芳的艺术迷住了！

令梅兰芳一行最为感动的是那些旅美华侨的亲情和厚意。每到一处，侨胞们总是先一步迎上去，问寒问暖，照应得无微不至。他们或是在当地的一些报纸上大力宣传并盛赞这次演出；或是请梅兰芳等人四处游览名胜古迹、学校、工厂等；或是请赴中华会馆的盛大欢迎茶会；或是在演出过程中跑前跑后，充当翻译，并为他们代买一切舞台上的不时之需；或是同车同船相送，整理箱件，安排运输，沿途办理或指导一切相关事务。

梅兰芳与著名喜剧大师卓别林也有过交往，卓别林曾告诉梅兰芳，他早年也是舞台演员，后来才投身电影界。他对中国戏剧中的丑角表现出了一种特殊的兴趣。梅兰芳向他简单地介绍了中国戏剧中丑角的一些情况："中国戏里的丑角，也是很重要的，悲剧里少不了他。可惜这次带来的节目当中，这类角色不多，所以剧团没有约请著名的丑角同来，只有《打渔杀家》里有一个替恶霸保镖的师爷，是用丑角扮演的。"

从此以后，梅兰芳就和卓别林成为好朋友。

梅兰芳与电影大师卓别林

独树一帜　梨园大师
——著名京剧表演艺术家梅兰芳

爱 国 志 士

　　1931年，风华正茂的梅兰芳以娴熟的舞台技艺摩拳擦掌准备在京剧舞台上大显身手之时，举世震惊的九一八事变发生了。

　　那天晚上，梅兰芳正在北平中和剧院上演梅派名剧《宇宙锋》。

　　剧场门前灯火辉煌，五颜六色的霓虹灯映射着赵艳蓉装疯的巨幅海报。剧场内到处是加座和站着的观众，人声嘈杂，水泄不通。观众席上最令人瞩目的是正厅的包厢里，数十名士兵的簇拥下，端坐着当时最为知名的新闻人物——少帅张学良。

　　张学良是奉系军阀首领张作霖的长子，1928年张作霖被日本军人炸死后就任东三省保安总司令，开始统治东北。据说张学良是个京剧通，尤其喜爱梅兰芳的表演。只要他到北京来，只要梅兰芳演出，他几乎是每场必到。

　　梅兰芳一出场，震耳的爆彩声后，剧场立即变得鸦雀无声。人们随着精彩的表演而逐渐进入剧情，最爱看《宇宙锋》的张少帅更是如醉如痴，不自觉地用手指在膝盖上轻轻地打着板眼。当演到这出戏的高潮

《金殿装疯》一场时，张学良却带着随从急促离场而去。观众席上一片骚乱，台上的梅兰芳也百思而不得其解。

第二天，梅兰芳才和全国人民一起，得到了可靠消息：9月18日，日本关东军突然袭击了沈阳北大营。日寇事先强迫南满铁路一位中国工人穿上中国军服，逼他前去炸毁了柳条沟铁道路口，然后造谣说是北大营的中国士兵炸毁了南满铁道口，遂将该工人枪毙，并以此为借口发兵攻占了北大营。张学良就是为此事而中途退场的。

在国民党所谓的"不抵抗撤退"政策下，日本侵略军很快就将战线逼近了平津，北平危在旦夕。人们开始四处逃难。剧院停演。国剧学会停办。在好友冯耿光的一再催促下，梅兰芳忍痛作出暂时南迁的决定。把供在家里的祖宗牌位转放到宣武门外永光寺中街的徐兰沅家中，把国剧学会搜集并寄存在自己家中的珍贵文物，通过关系，在故宫博物院打扫出三间开放的偏僻配殿放了进去，并请与自己相交二十多年的老友齐如山代为保管。公事、私事全部了结之后，梅兰芳带着夫人福芝芳，悄悄登上了开往上海的火车。

梅兰芳人是到了上海，然而心却整天惶惶然地没有个着落。他迟迟地不肯买房子定居，而在沧州饭店

《宇宙锋》剧照（梅兰芳饰赵艳蓉）

里住了一段时间。这时的上海，虽然没有在北平时那种"兵临城下"的感觉，但是战争的阴霾也如乌云般笼罩着大半个天空。在这段时间里，梅兰芳的老友许伯明一家人也迁到了上海。许伯明的三个堂弟——深谙昆曲、精通吹拉弹唱，并且对中国戏曲颇有研究的许伯遒、许姬传、许源来兄弟成了梅兰芳家的常客。

除了常在一起吹笛、拍曲外，更多的时间，梅兰芳等人也在为当时的形势担忧。怎样为这场抗击日军、保卫国土的战争出点力呢？这大概是当时每一个不想当亡国奴的中国人日思夜想的一桩心愿。

作为一位知名演员，梅兰芳当然知道，他的贡献只能是作品。但是，什么样的作品更具有号召力呢？正在这时，梅兰芳的好友叶玉虎来访。他建议梅兰芳排一出韩世忠在黄天荡围困金兀术的历史题材剧，突出梁红玉的擂鼓助战，以激发全国人民的抗日热情。梅兰芳赞同地说："京剧剧目中本来就有一出《战金山》，是刀马旦的戏。我们可以据此重编一出，您给起个名。"

"《抗金兵》如何？"

"好！就请您编剧。"

叶玉虎谦虚起来："我没有写过京剧，还得请几位懂得京剧句法的朋友一起写。"

独树一帜 梨园大师
——著名京剧表演艺术家梅兰芳

于是，梅兰芳、叶玉虎、许姬传，再加上其他两位朋友，成立了一个5人编剧小组。每星期聚会2次，轮流执笔，共同起草，并且一面编，一面排，大约4个月之后，《抗金兵》编撰完成。

苗芽

初次上演是在上海天蟾舞台，梅兰芳饰梁红玉，林树森饰韩世忠。舞台上梅兰芳身扎大靠，擂起战鼓，塑造了一个威风凛凛、英勇抗战的女英雄形象。戏中梁红玉誓死卫国抗战、以激昂热血鼓舞将士们奋勇杀敌的豪迈气概，是那么的振奋人心。在日本军国主义的侵略面前，国民党政府奉行不抵抗政策，致使国土大片流失。国内虽不乏力主抗战的人士，但投降派、亲日派却大有人在。梅兰芳想以历史为镜子，以古鉴今，号召人们奋起

避日

弄姿

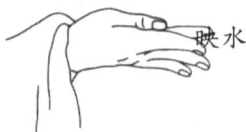

映水

抗战。在日军步步进逼、国民党军队节节败退、老百姓辗转于水深火热的特定政治环境中，梅兰芳的《抗金兵》用艺术的手法，展现出中华民族不屈不挠对抗侵略的精神。飒爽英姿的女英雄形象又一次站在了渴望反抗侵略的民众面前，这对渴望抗战救亡、收复失地的中国人民，又是多么大的激励。

随后，梅兰芳又把齐如山根据明代传奇编写的京

独树一帜 梨园大师
——著名京剧表演艺术家梅兰芳

剧《易鞋记》改编为《生死恨》，并于1936年2月26日在上海天蟾舞台与观众见面，连续演出3天，场场爆满，极大地激励和鼓舞了民族气节。《生死恨》反映了在敌人刺刀下，沦陷区人民的痛苦生活，观众非常喜爱爱国主义与现实主义相结合的剧目。

1937年的上半年，梅兰芳依旧带着他的《抗金兵》《生死恨》等剧目，和萧长华、奚啸伯、王少亭、刘连荣、王泉奎、朱桂芳等演员一道，赴南京，下汉口，进行巡回演出。而中国的形势，却没有因为有这么多热血爱国者的抗争而变得有所好转。

1937年8月13日，日军进攻上海，淞沪战事爆发。同年9月上海失守了。人们开始背井离乡，四下逃散。梅兰芳本没有远走的必要。在此之前，梅兰芳两次赴日演出，在日本有着广泛的影响。日本人念中国人的姓名，多用和音(即日本音)，而极少以音译音，除非是他们特别器重的人。在到日本访问的中国人中间，只有两个人获得了这种音译名字的殊荣，一个是清朝大臣李鸿章，另一个则是梅兰芳。梅兰芳到日本演出时，全国的日本人，都呼他名字的中国音。所以梅兰芳到美国去的时候，美国报纸说梅兰芳是六万万人欢迎的名角，意思是除了中国人外，还有一万万以上的日本人。

《木兰从军》中梅兰芳饰花木兰

也正因此，梅兰芳面临着更为严峻的考验。留在上海照常演出，日本人不会把他怎么样的；可是，在日本人占领的沦陷地继续演出，无疑与侵略者合作，为整个民族的敌人粉饰太平。如果停止演出，他又如何去对付日本人的威胁利诱，并且承担起巨大的生活压力？作为一个演员，中断舞台生活就意味着摔破自己的饭碗……

梅兰芳必须做出抉择。

面对日本人彬彬有礼的拜访和聘请，梅兰芳屡屡谢绝。而租界里的汉奸、流氓的挑衅和骚扰，则令梅兰芳义愤填膺。在日本帝国主义者看来，像梅兰芳这样享有国际声誉的艺术家，是大可利用的人物。得知蜚声世界的京剧第一名旦梅兰芳住在上海后，日军就派人去请梅兰芳。有一天，上海青帮头子张啸林托人向梅兰芳提出，要他在"电台"播一次音，让其表示愿为日本的"皇道乐土"服务。梅兰芳洞察到日本人的阴谋伎俩之后，便决定尽快离沪赴港，摆脱日寇纠缠。

于是他一边给日本人带口信，说最近要外出演戏，一边携家率团星夜乘船赴港。虽然回绝了敌人的要求，但为了防止敌人的暗杀和绑架，梅兰芳决定离开上海，后来在老朋友冯耿光、许源来的精心周旋和策划下，梅兰芳度过了几个月惴惴不安的日子后，于1938年春天赴香港演出。演出结束后，梅兰芳送走了其他同来的演员，自己却毅然息演舞台，在干德道8号租了一套公寓留居下来。

当时有人劝说他一道回去："您曾经两次赴日，日本人对您向来友好，何必一定要迁居？"

梅兰芳答道："日本人民对我是友好的，可是他们的军阀政府对我们国家则是太可恨了。我有什么理由只管自己，不顾国家呢？"从此，梅兰芳在香港过起了隐居生活。

梅兰芳来到香港后，深居简出，不愿露面，心情虽然郁悒，但他对抗战胜利充满了信心，坚信总有一天可以重登舞台，因此他仍然像过去那样，把生活安排得井然有序。为了消磨时光，每天起床后，梅兰芳先看报，然后打太极拳锻炼身体，下午在家学中文和英文，晚上阅读书籍，钻研文学艺术，有时独自拉着二胡悉心复习和研究自己的唱腔，做到曲不离口。为了不引起旁人注意，他对外声称自己的嗓子退化不能再登舞台了。梅兰芳除练习太极拳、打羽毛球、学英语、看报纸、看新闻外，把主要精力用于画画。他喜欢画飞鸟、佛像、草虫、游鱼、虾米和画外国人的舞蹈。这些作品，家人和剧团人员看到后十分高兴，都说给他们带来了许多美感和欢乐。

一天，他正在绘画，一位朋友的夫人偶然拿了一张照片请他着色，这本是游戏之作，但着色之后，这张着笔细腻、敷色淡雅的照片竟成了一幅绝妙的"仕女图"。那段时间，梅兰芳不但看了许多电影，而且经常和电影界朋友一起研究把古典戏曲搬上银幕。一次，他对朋友说："天总是要亮的，到时候，我一定拍一部古典戏曲的片子。我有这个信心。"果然，他的愿望没有落空，到了抗日战争胜利之后，由吴性栽出资，费穆导演的中国第一部彩色戏曲片《生死恨》在沪问世。

1941年12月8日，日军偷袭珍珠港成功，太平洋战争爆发。因梅兰芳的住处离日本驻港领事馆不远，

1941年夏，梅兰芳在港时，夫人福芝芳携子女由沪来港全家合影。梅葆琛（后左二）、梅绍武（后左一）、梅葆玥（前左一）、梅葆玖（前左三）。

日军向这里发射炮弹的可能性较小，好友们都逃到这里来避难。十几口人围坐在收音机旁，时刻注视着时局的发展。

一天清晨，睡在客厅地铺上的阿蓉醒来后，走回她那间面向九龙的卧室，发现墙壁上有一个大窟窿，床上则躺着一颗挺大个儿的炮弹。她吓得惊叫了一声，奔跑出来。当时也在梅兰芳家避难的冯耿光，年轻时曾在日本陆军军官学校学习过，这时则以行家身份走近前来，察看它会不会爆炸。

梅兰芳闻讯赶来，却见他的两个儿子好奇而得意地抱着这枚炸弹，正在听冯耿光的评论。他一下子急了，冲着冯耿光喊道："您还瞧什么！炸了怎么办？赶快想法子把它转移出去吧！"

一边叫大家别惊慌别靠近，梅兰芳一边指挥着他的两个孩子将那枚炮弹小心翼翼地搬出门外，放到附近一条弯曲的盘山道旁，顺着斜坡把它骨碌到峡谷里去了。

大家这才将一把冷汗擦干。冯耿光冲着梅兰芳竖起了大拇指："你可真像个穆桂英，指挥若定，也不怕牺牲自己的孩子！"

十几天后，香港被日军占领。梅兰芳苦不堪言，担心日本人会来找他演戏，怎么办？他与妻子商量后，决心采取一项大胆举措：留蓄胡子，罢歌罢舞，不为日本人和汉奸卖国贼演出。他对友人说："别瞧我这一撮胡子，将来可有用处。日本人要是蛮不讲理，硬要我出来唱戏，那么，坐牢、杀头，也只好由他了。"

独树一帜　梨园大师

——著名京剧表演艺术家梅兰芳

果然，香港沦陷后没多久的一天，梅兰芳正在客厅与朋友谈论战争局势，一位操着东北口音的中年男子要见梅兰芳。他直截了当地说："我叫黑木，奉酒井司令的命令来找您。您什么时候有空去见我们司令？"

梅兰芳想："事到如今，生死早已置之度外，还怕什么？今日不去，早晚也逃不脱，莫非还等他用大兵把我押去不成？"于是，一边告诉他现在就有时间，一边去取衣帽，毫无惧色地随黑木朝门口走去。

这时，正在梅兰芳家避难的中国银行的周克昌先生勇敢地站了出来，自称是梅兰芳的秘书，便陪同前往。十几名亲友涌到阳台上，目送着他们两人随黑木乘汽车而去的身影，久久伫立。

酒井的司令部设在九龙的半岛饭店。黑木将他们带进饭店后，先让他们在一间昏暗的会客室里等了好久，说是酒井正在开会。结束了会议后，矮壮的酒井

梅兰芳在《生死恨》中饰演韩玉娘

才赶过来，一见面就假惺惺地握住了梅兰芳的手，用流利的中国话说："梅先生您好！二十多年未见面了。您还认识我吗？我在北平日本使馆做过武官，又在天津做过驻防军司令，看过您的戏。"

梅兰芳回答："不记得了。"酒井看上去并不恼火，依然笑容可掬地聊天儿。

一会儿，酒井盯着梅兰芳嘴上的胡子，惊讶地说："您怎么留起胡子来了？像您这样驰名四海的艺术大师，怎么在中年就退出舞台呢？"

"我是唱旦角的，年岁大了，扮相不好看了，嗓子也坏了。"梅兰芳平静地说："已经失去了舞台演出条件，唱了快四十年的戏，早应该休息了。"

酒井连连摆手："哪里，哪里。您一点也不显老，可以登台大大地唱戏。"接着，他让黑木发给梅兰芳一张临时通行证，又说："您如果有什么需要，黑木可以帮您解决。"随后派汽车送他们出来。然而黑木却坚持要他们到他家去吃饭，不由分说地把他们拉到了他的家里，大谈特谈他对中国戏曲的理解和认识，吹嘘自己是一个中国通。直到天色很晚了，才把他们送过江来。

"总算闯过了这一关。"梅兰芳长长地舒了一口气，又接着说："但是，我看酒井是够厉害的，以后准

梅兰芳曾在日本受到日方的热烈欢迎

要利用我。就让他们等着瞧吧！"

果然不几日后，为了庆祝日军占领香港，日军决定召开一次庆典会，并派人给梅兰芳送去了一个请帖，特请梅兰芳演唱一出京戏。梅兰芳接过请帖，指着坐在旁边的医生对日军派来的人说："我已经不能登台了，现在牙又疼痛，更无法演出。"梅兰芳见来人面有疑难之色，就请医生写了一张证明，附在回信里，说明不能参加的理由。来人只得复命去了。

几天之后，日军司令部又以繁荣市面为理由，对梅兰芳百般威胁利诱，非让他演几天戏不可。当日本占领军代表对他大讲了一番协助"大东亚建设"的意义后，梅兰芳淡然一笑，说："我早已说过，我不能登台，就是登台一个人也无法演出，因为我的剧团不在此地，恕我不能从命。况且，我所以来香港，是因为不愿意卷入政治旋涡，今后我仍希望过安宁的生活。如果要求我在电影、舞台或广播中表演，那将使我很

独树一帜 梨园大师
——著名京剧表演艺术家梅兰芳

梅兰芳纪念邮票

为难……"

两次拒绝后，日军知道让梅兰芳登台是不可能的，所以也就没再来请。几次拒绝演出，虽然都顺利闯过来了，可梅兰芳的处境却不顺心，有翅难飞的感觉沉重地压在他心头。

1942年的春天，南京汪精卫伪政权以庆祝"还都"为借口，派特务机关专人专机接梅兰芳前往南京演出。面对百般纠缠，梅兰芳声明自己患有严重的心脏病，平生从不乘坐飞机，从而坚决地拒绝了演出。

数次抗拒演出后，梅兰芳再也不敢练嗓了。于是，每日里只能以集邮为乐。

由于粮食和物资的严重短缺，香港的日本当局下令紧急疏散人口。住在梅兰芳家的徐广迟、许源来等，先后化名乘船返回上海。梅兰芳将身边的两个孩子也托朋友带到内地去求学。

梅兰芳自己也曾想化装偷渡到内地去，朋友们都说不妥。因为日本人从照片上都熟悉了梅兰芳的面孔，万一被日军发现，便会惹出许多麻烦。暗走不如明走，反正香港已和上海一样，都在日军的控制之下，不如回到上海与家人同甘共苦，总比一个人留在香港安全得多。经过反复考虑，梅兰芳采纳了朋友们的建议。1942年夏天梅兰芳取得酒井的同意，取道广州，乘飞机回到了上海。

但沦陷后的上海天空阴云密布，似乎酝酿着更大、更猛烈的暴风骤雨。

梅兰芳回到上海后，每日里仍将自己困在"梅花诗屋"里读书作画，闭门谢客。秋季里的一天，汪伪政权的大头目——褚民谊突然闯入梅宅，说是有要事相商。褚民谊是汪伪政府的核心人物，汪伪政府刚成立时，汪精卫当"行政院院长"，他就当"行政院副院长兼外交部部长"，后来他还任汪伪政府的中日文化协会理事长。他原是国民党内著名的业余昆曲家，对演戏类之事，自认为是内行，所以前来要梅兰芳去为日本人服务。梅兰芳不得不从楼上下来。他的挚友冯耿光和吴震修两位先生正巧也在，放心不下，也跟随他走进书房。

寒暄了几句之后，褚民谊便说明了来意。原来是要邀请梅兰芳参加所谓"大东亚战争胜利"一周年的庆祝活动，率领剧团赴南京、长春、东京等地进行巡回演出。梅兰芳指着自己的胡须，沉着地回答："我已经上了年纪，嗓子也不行了，早已退出舞台了。"

褚某尴尬而阴险地笑笑："胡子可以剃掉嘛！嗓子吊一吊也是可以恢复的。这个我明白。"说着就哈哈大笑起来，似乎梅兰芳说的不能演戏原因，被他的内行话反驳倒了。一直望着墙上挂着的《达摩面壁图》的梅兰芳猛地一转身："我知道你是内行，听说你一向喜欢玩票，大花脸唱得很不错。我看你率团去慰问，不是比我更强得多吗？何必非我不可！"褚民谊

梅兰芳蓄须明志

听梅兰芳这么一说，肥团团的脸顿时敛了阴笑，他被梅兰芳讥讽得脸上红一阵白一阵的，支吾几句后，狼狈地离开了"梅花诗屋"。

在座的冯耿光、吴震修本来都为梅兰芳捏着一把冷汗，如今见他冷嘲热讽地对付了这一难题，都跷起大拇指连连称赞："畹华，你可真有一手！"

梅兰芳从沙发上站起来，凝视着墙上挂着的一幅苍松墨画，沉思了片刻，深深地吸了一口气："我想，他们是不会就此善罢甘休的。"

果然，数日之后，日伪政权又派华北驻屯军报导部部长山家少佐出面，对梅兰芳进行胁迫，并由《三六九》画报社社长朱复昌全权办理此事。

朱复昌先是鬼鬼祟祟地来到掌管梅兰芳剧团业务的姚玉芙家里，声言："梅兰芳年纪大了，不能登台，那就请他出来讲一段话。"他让姚玉芙先乘飞机回沪，他本人则随后坐火车赴沪亲自邀请。说完，就暗自得意地走了。

姚玉芙知道梅兰芳是不会出席这种庆祝活动的，可是如何拒绝这讲几句话的要求呢？正在焦急之际，梅兰芳的表弟秦叔忍来到了姚家。懂些医道的秦叔忍听明情况后，思索片刻，想出了一条对策。他建议姚玉芙到上海后，立刻请人为梅兰芳注射3次伤寒预防针。他知道梅兰芳是过敏性体质，不论打什么预防针都会立刻发起高烧，倒卧在床。

姚玉芙到上海后，梅兰芳便依计而行，立刻请来了他的私人医生吴中士先生给他打针。吴医生有些犹豫不决。他知道，这种预防针对梅兰芳的身体会有很大的损害，同时也很危险。可是梅兰芳执意要打，他对吴医生说："我已决心不为他们演戏，即使死了也无怨言，死得其所。"吴医生深为感动，含着眼泪给梅兰芳接连注射了3针。

独树一帜　梨园大师
——著名京剧表演艺术家梅兰芳

梅兰芳饰演的穆桂英

与此同时，姚玉芙拍电报给朱复昌，告他无需再来沪。山家少佐不信梅兰芳会患病发烧，立即电告驻沪海军部派一名军医查明情况。当一个留着小胡子的日本军医奉命来到梅兰芳床榻之前时，梅兰芳果然卧病在床，一量温度，竟有42度之高。

就这样，梅兰芳不惜人为地发高烧损伤身体，再次抵制了日军的胁迫。

这一关算是闯过去了，可是梅兰芳还面对着另外一

梅兰芳蓄须明志那几年，与妻女分居香港和上海。香港沦陷后，双方断了联系。社会上一度有梅兰芳在港遇难的谣传，福芝芳闻讯后急火攻心，突患神经抽搐症。当她见到丈夫平安归来，不由悲喜交加，随即留下了这张合影。

种考验。

梅兰芳长期拒演，断绝了经济来源。而家里除了梅兰芳自己外，还有几十张嘴要吃饭——家属、多年助演的老人、衣食无着的穷亲戚。

早年的积蓄早已坐吃山空，北平的房产、家具、古玩、字画、书籍等也全都折价卖了，但还是无法解决长期的生活问题。当时的货币不断贬值，物价一日三涨，更增加了生活困难。后来，通过朋友关系，在银行立了个信用透支户，用一张张透支的支票来应付

独树一帜　梨园大师
——著名京剧表演艺术家梅兰芳

日常的开销。夜深人静时，梅兰芳不禁面壁叹息："真是笑话，银行里没有存款，凭透支开销，这算什么名堂？这种钱用得实在难为情。"

看准了这个当儿，一些剧院老板开始打梅兰芳的主意。他们轮番来到梅兰芳家里，劝梅兰芳唱营业戏渡过难关。

梅兰芳坐在沙发上，眼睛盯着天花板，嘴里不住地喷着香烟。家里人都静静地围坐在一起，不敢说话。因为这种表情和动作，对日常生活中一向好脾气的梅兰芳来说，是很反常的。

大约十几分钟后，梅兰芳突然掐灭了烟头，猛地站起身来，大声吼道："我不干！一个人活到一百岁总是要死的，没有什么大不了的！"他又指着嘴上的胡子说："如果我拿掉了这块挡箭牌，以后麻烦的事就多了。南京甚至东京要我演戏怎么办？观众及戏院老板的心情我都理解，但决不能因小失大。"当即拒绝了演出。

戏不唱了，古玩、家当卖光了，银行透支又难为情。怎么办？

还是冯耿光、吴震修、李拔可等朋友们出了主意。他们建议梅兰芳以画谋生。梅兰芳采纳了他们的建议。

从那以后，梅兰芳重新拿起了画笔。

就这样，梅兰芳硬是用一杆画笔，支撑着全家和剧团部分成员的生活。

当时，梅兰芳的20多幅鱼、虾、梅、松画曾在一个名叫雅悦斋的商店里寄售，当市民看到醒目的"本店出售梅兰芳先生近日画作，欢迎光临"的广告时，争相购买。不到2天，20多幅画就全部卖完了。

这件事传出后，上海文艺界、新闻界、企业界反响十分强烈，许多知名人士提出要为梅兰芳办画展，梅兰芳得知后特别兴奋，为不负众望，他苦战了半个月，画了几十幅作品，面交主办者安排。主办人员选定重阳节在上海展览馆展出，请梅兰芳夫妇届时光临剪彩仪式。

曾受过梅兰芳羞辱的汪伪政权的"外交部部长"褚民谊得到这个消息后，便心生诡计。他们派来一群便衣警察，提前进入展览大厅大做手脚，前来参观的许多群众见状纷纷离开。梅兰芳看见门口冷冷清清，觉得奇怪。原来褚民谊用巨额金钱将梅兰芳的画全部订购，并在各个画幅上标明"冈村宁次长官订""土肥原大将订"等标签，制造梅兰芳媚敌的假象。这一阴谋被梅兰芳获悉后，立即和夫人福芝芳女士赶到雅悦斋，手持裁纸刀，"哗哗哗"地将画裁成条条片片，并郑重地声明："再多的金钱，也买不到梅兰芳的心。"

梅兰芳义愤填膺的毁画举动，很快传遍整个上海，也很快传向大江南北。上海当局的报纸抢先发布头号新闻，言称："褚部长目瞪口呆，一场画展一场虚惊！"宋庆龄、郭沫若、何香凝、欧阳予倩发表声援讲话，称赞梅兰芳民族气节凛然，为世人所敬仰。广大群众也纷纷寄来书信，支持梅兰芳的爱国行动。梅兰芳看到全国人民对他如此赞赏和支援，感动得热泪盈眶，兴奋地对夫人说："我梅兰芳再也不是一只孤燕了！"

后来，梅兰芳在

这幅《观音像》，梅兰芳画于1922年，是为祝贺实业家张謇70寿辰而画。上部为张謇所题诗文。

梅兰芳所绘 《梅花图》

朋友们的帮助下，经过七八个月的努力，于1945年春天，借成都路中国银行的一所洋房举行了画展。

开幕那天，门庭若市，宽大的展室里挤满了观众。人们蜂拥而来，一半是为了欣赏作品，而更多的，则是出于对梅兰芳崇高气节的敬佩，专门前来买画，帮助他渡过难关的。当场订画者不计其数，参展的一百七十多件作品一下子售出了十之七八，像《双红豆图》《天女散花图》等画幅，竟被复订了五张！

梅兰芳高兴地对朋友们说："举办这次画展，使我的画技大大提高了一步，蓄须拒演过程中苦闷孤独的精神有所寄托，同时在经济上帮我渡过了难关。"

独树一帜 梨园大师
——著名京剧表演艺术家梅兰芳

展览结束后，梅兰芳为了生活，被迫将其中大部分作品卖掉，所得收入一是还债，二是安排家庭生计，三是资助剧团里生活更困难者。梅兰芳苦涩地回忆着这几年的沧桑历程，心境忧闷地对朋友说："一个演员正在表演力旺盛之际，因为抵抗恶劣的社会环境而蓄须谢绝舞台演出，连嗓子都不敢吊，这种痛苦我无法用语言来形容。我之所以绘画，一半是为了维持生活，一半是借此消遣。否则，我真是要憋死了。"

1945年8月15日，广播里传出了日本投降的喜讯。不一会儿，梅兰芳的挚友、学生陆续来到梅家报告这盼望已久的喜讯。在楼下客厅里他们看见梅兰芳手中拿着把折扇，遮住了脸的下部，轻快地从楼上下来。吴震修笑着说："你应该找个理发师来剃胡子了吧！"梅兰芳把扇子往下一撤，露出了8年前的面目，不但春风满面，唇须全无，而且灰色的西装，绛红的领带，雪白的衬衫，黑亮的皮鞋和花色的袜子全是新的。

梅兰芳笑着对大家说："今天听到日本投降的消息后，我首先剃干净胡子，从头到脚换上了8年来没有穿过的新衣新鞋，我今天比小孩子过新年还要高兴。"

梅兰芳平常为了保养嗓子，说话的声音柔和偏低，这一天却提高了调门，而且笑出了声。50岁的中年人，竟笑得像年轻人那样天真。2年前梅兰芳就对冯幼伟说

梅兰芳与波拿学院院长晏文士博士合影

过："总有一天，日本军阀会垮台的，到那天，我剃了胡子重新登台。"

这以后，经过一番吊嗓、练功，2个月后梅兰芳参加了抗战胜利的庆祝会，在兰心剧场和程少余演出了《贞娥刺虎》。

这是梅兰芳蓄须明志，息影8年后的第一次登台。尽管他的嗓音不够理想、身段不够自然，可观众不断的掌声与激动的心情，足以说明了人民群众对这位有着高度民族自尊心的爱国艺术家的无比热爱与尊敬。

独树一帜 梨园大师
——著名京剧表演艺术家梅兰芳

在那些日子里，上海人不管在什么地方、什么场合，谈的都是梅兰芳，既谈他息影 8 年后的表演艺术，更谈他蓄须明志的高尚情操。这位人民的艺术家以他那精湛的艺术和高贵的品德，赢得了广大群众的衷心赞许。

梅兰芳在日本演《贵妃醉酒》，饰杨玉环

再登舞台

1945 年 8 月 15 日，漫长的抗日战争终于过去了。日本宣布无条件投降，整个中国沸腾了。当抗战胜利的消息传到上海时，梅兰芳流下了激动的眼泪。8 年的辗转流离，8 年的辛酸时日，8 年的心理重压，终于都成了过去。

接下来的日子里，52 岁的梅兰芳像是重新回到少年时代一样，一早起来，就在院子里拼命练功，下午吊嗓子，晚上看剧本，又亲自到地下室去检查整理行头衣箱。

在重新粉墨登台之前，梅兰芳在当时的《文汇报》上发表了一篇题为《登台杂感》的文章，叙述了他那抑制不住的喜悦心情。

"沉默了 8 年之后，如今又要登台了。诸君也许想象得到，对于一个演戏的人，尤其像我这样年龄的人，八年的空白在生命史上是一宗怎样大的损失，这损失是永远无法补偿的。在过去这一段漫长的岁月中，我心如止水，留上胡子，咬紧牙关，平静而沉闷地生活着。一想到这个问题，我总觉得这战争使我衰老了许多。当胜利消息传来的时候，我觉得浑身充满着活力，

《西施》剧照

我相信我永远不会老，正如我们长春不老的祖国一样。前两天承几位外籍记者先生光临，在谈语中问起我还想唱几年戏，我不禁脱口而出道：'很多年，我还希望能演许多许多年呢。'"

《天女散花》剧照

063

独树一帜 梨园大师
——著名京剧表演艺术家梅兰芳

"因为要演戏，我充满着活动的情绪。吊嗓子、练身段，每天兴冲冲地忙着。8年了，长时间地荒废，老是那么憋着，因为怕被人听见，连吊吊嗓子的机会都没有。胜利后当我试着向空气中送出第一句唱词的时候，那心情的愉快真是无可形容。我还能够唱，四十年的朝夕琢磨还没有完全忘记。可是也许生疏了，能满足观众的期望吗？这一切大概不成问题。因为我这一次的登台，有一个更大的意义，这就是为了抗战的胜利。在抗战期间，我自己有一个决定：胜利以前我决不唱戏。胜利以后，我又有了一个新的决定：必须把第一次登台的义务献给祖国。现在我把这点热诚献给上海了。为了庆祝这都市的新生，我同样以无限的愉快去完成我的心愿。"

"我必须感谢一切关心我的全国人士。这几年来你们对我的鼓励太大了，你们提高了我的自尊心，加强了我对民族的忠诚。请原谅我的率直，我对于政治问题向来没有什么心得。出于爱国心，我想每一个人都是有的吧？我自然不能例外。假如我在戏剧艺术上还有多少成就，那么这成就应该属于国家的。平时我有权利靠这点技艺来维持生活，来发展我的事业，可是在战时，在跟我们祖国站在敌对地位的场合下，我没有权利随便丧失民族的尊严，这是我的一个简单的信念，也可以说是一个国民最低限度应有的信念。社会人士对我的奖饰，实在超过了我所可能承受的限度。《自由西报》的记者先生说我'一直实行着个人的抗战'，使我感激而且惭愧。"

梅兰芳不仅在戏曲舞台上塑造了无数个体现我们民族美德的英雄形象，而且在人生的舞台上，又以我们民族的美德塑造了自己的形象。他的这种傲骨不只赢得他的戏迷的喜爱，也赢得整个中国的尊敬。

日本投降2个月后，梅兰芳参加了抗战胜利庆祝会，在兰心剧场演出《贞娥刺虎》。

消息一经传开，整个上海、整个中国，甚至整个世界都轰动了。演出的当天，"梅花诗屋"里挤满了来自世界各地的中外记者，到处是高高架起的水银灯。采访、拍照，梅兰芳忙得不亦乐乎！甚至当他坐在化妆室里时，心情还是久久不能平静下来。化好妆后，他一反多少年养成的静坐习惯，在后台走来走去，还不时地问周围的人："你们看我扮得怎么样？搁了这么多年，心里简直没有谱了。"

轮到梅兰芳出场时，台下鸦雀无声，观众们屏住呼吸，静静地等待着这位阔别舞台8年之久的爱国艺术家重新登台表演。梅兰芳一出场，一阵雷鸣电掣般的掌声顿时回荡在偌大的剧场里，经久不息，像是要把屋顶掀翻似的。尽管梅兰芳的嗓子不够理想，对舞台部位感到生疏，甚至身段也欠自然，但观众的喝彩声却是空前的。人们以这种方式，向他们所器重、所爱戴的艺术家表达着他们由衷的敬意。

演出结束后，梅兰芳还沉浸在兴高采烈的心情中。吃夜宵时，一反平时"大姑娘"式的腼腆和羞涩，谈笑风生，语惊四座，频频夹菜，还破例喝了一杯酒。

于是，继兰心剧场的演出之后，梅兰芳又在美琪电影院上演了《断桥》《思凡》《奇双会》《游园惊梦》等多个剧目。梅兰芳原来担心票卖不出去，但演出海报一上墙，3天内，戏票就被抢购一空。首次演出结束时，观众们蜂拥而上，挤至台口，向梅兰芳长时间地鼓掌致意。几天下来，上海的街头巷尾、茶坊酒肆，到处是议论梅兰芳的人们。有的赞扬他的技艺、精神不减当年，更多的人则赞叹他那威武不屈的崇高气节。

从此，梅兰芳以百倍于前的精力和热情，投入到舞台演出中去，以迎接他第二次艺术青春的到来。

再创辉煌

挥芬

1947—1948 年的两年期间，正处于国民党节节败退，共产党步步前进的解放战争时期。

国民党政府开始向台湾逃亡。大官僚、大资本家、大地主们也纷纷追随前往。而一些文化界、艺术界的名流，也因种种情况，想方设法，离国而去。

不关心政治，不等于不辨是非。生活中的梅兰芳有他明确的为人处世原则。

多少年后，梅兰芳在他所写的自传中，曾提及他的祖父梅巧玲对他的至深影响："我的祖父梅巧玲是清朝同治、光绪年间的名演员。在那个时期，戏曲演员是被人看不起

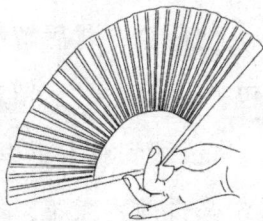

抱翠

独树一帜　梨园大师
——著名京剧表演艺术家梅兰芳

的。我祖父一生为人有行侠仗义的作风。他对同业和朋友们的帮忙，常常是牺牲本身的利益去替别人解决困难。这类事情很为人们所称道。我的父母去世很早，我祖母和姑母把我祖父的为人行事讲给我听，我受了感动，立志要学我祖父和一切好人的样子，要长进向上，不敢胡来。"

梅兰芳自己也把帮助京剧界的同人解决经济困难当作义不容辞的责任。他曾多次以自己的这种行为教育、告诫子女："除了平时给他们接济安排生活以外，我到了旧历年，就要为他们组织一场义务戏，那就是所谓的'窝窝头'会。我总是与各班的演员联合一起亲自参加演出，把收入分发给贫穷的同行，让他们安度年关。如果我不在北平时，在外地也要专场为北平的同人们演出，然后把所得的款额全数寄回北平周济他们。"

而在平时，梅兰芳对自己剧团的同事，更是关心得无微不至。不论是演员、伴奏员或是后台工作人员，谁在生活中遇到了经济上的困难，他都会在背后解囊相助，或是私下里塞过去一个小包，轻声说："您留着喝点茶吧。"或是在与人握手时，将钱塞到对方手里。对于体弱多病的老年同事，他必定亲自前去探望，给予安慰，并且在不知不觉中将事先包好的钱塞在他的

枕头底下。

这些事情，他从来没对别人说起过，却经常传颂在那些受惠之人以及许多同行的口头上，才逐渐为人们所了解。

梅兰芳急公好义的品格，不仅表现为对同行们的一片赤诚之心，而且表现在他对社会公益事业的热情上。早在1917年，他还在桐馨社、春和社搭班演出时，就曾和谭鑫培一道，为福建赈灾进行过多次义演，其演出收入都悉数捐给了福建灾胞。1923年，日本东京发生了空前的大地震，引起熊熊烈火，将东京部分市区顷刻间化为灰烬。梅兰芳得知后，率先举办义演，把全部收益约一万元捐给了日本的救济事业。1929年，梅兰芳去兰州演出时，正赶上闹饥荒，大批百姓生活困苦，生命危在旦夕，梅兰芳便在兰州设了几处施饭场，赈济受灾饥民。

当然，梅兰芳的乐善好施也是有原则的。梅葆琛在《怀念父亲梅兰芳》这部书中曾回忆起梅兰芳在这方面对他的谆谆教诲："你别以为我的钱来得容易，这是我的血汗钱，所以在花的时候要思忖一番。做好事是对的，但要看对方的真实情况。对于那些徒有虚名而不干实事的，以致造成经济恐慌、影响生活的人，实际上他们并不是真的生活上过不去。为此，对于这些人来向我伸手时，我是绝对不会轻易地给予资助的。我一分钱也不会给，断然拒绝。如果这次满足了他的要求，他尝到甜头，他还会二次、三次，这样做岂不是害了他？我非但不接济，还要狠狠地严厉训斥他一通，让他在事业上励精图治，不要当社会的寄生虫，做一个自食其力的人。"

的确，正如他自我表白的那样，在待人接物方面，梅兰芳有所为，也有所不为。

1947年1月6日的《新民报》上登载了一篇文章，提到梅兰芳拒绝去日本为太平洋美军司令麦克阿瑟将军演出一事。接着，又这样写道："最近梅君赴京演剧，当局为了要招待马歇尔元帅，特别挽留他多演一天戏。有人认为这也是一种莫大的荣誉，在常人是求也求不到的，但是梅君也拒绝了。"是的，梅兰芳不愿意为美国的马歇尔元帅演出。他怎么能为帮助国民党发动内战，致中国人民于水火之中的刽子手效劳呢？梅兰芳当面拒绝了蒋介石，连夜离开了南京。

1948年的上海，战争的疮痍满目，自然灾害严重，物价一日三涨，民众苦不堪言。一些做投机股票生意的"朋友"来到梅宅，要梅兰芳也参加他们的活动。他们轮番向梅兰芳进攻，说他们的消息直接来自某某大亨，绝对保证做一笔赚一笔。他们甚至表示，梅兰芳只要同意，都无需真正付钱做本金，仅用"梅兰芳"的名字，就能通过买空卖空的手段把钱赚回来……对于这些诱惑，梅兰芳一一地给予了婉言谢绝："我目前已出台演戏，生活费用已经够了。"送走了这些人后，梅兰芳才愤慨地对夫人福芝芳说："我才不做这种缺德事！假使我真做赢了投机买卖，每当我端起碗吃饭的时候，都会有做输了的人正在跳黄浦江！一想到这些，你说，我这碗饭还吃得下去吗？"

在这方面最具有说服力的，是他在抗战期间蓄须明志，拒不为敌伪演出的高尚行为。

正因为这些，当国民党的一些高级官员频频劝诱梅兰芳离开大陆，和他们一道逃往台湾时，共产党也及时地向梅兰芳伸出了欢迎的双手。

独树一帜　梨园大师
——著名京剧表演艺术家梅兰芳

　　不久，在中法大药房药剂师余贺的家中，梅兰芳与共产党的要人周恩来见了一次面。

　　会见的细节，梅兰芳后来都记不清楚了，但周恩来鲜明的态度却使梅兰芳永志难忘。他诚恳而热情地对梅兰芳说："你不要随国民党的撤退离开上海，我们欢迎你。"

1949年的春天，上海解放前夕，夏衍和熊佛西受中国共产党党组织的委托，一起来到了梅兰芳家里，动员梅兰芳留在上海，迎接新中国的诞生。

6月下旬，梅兰芳接到通知，邀请他到北平去参加第一次全国文学艺术工作者代表大会。几日之后，梅兰芳又遇到陈毅市长。陈将军说，周恩来副主席打来电话，说毛主席想请您在文代会期间唱几场戏，不知可不可以？梅兰芳回答：当然可以。

火车通过浦口时上了轮渡。看管轮渡几十年的一位老工人走过来，主动握住了梅兰芳的手，热情向他表示问候。他认识梅兰芳，以往梅兰芳走津浦线赴上海唱戏时，每次都要经过此间。唯一不同的是，过去总是梅兰芳主动上前，去和这位老工人寒暄，而这回，却是老工人先伸出了布满老茧的大手。梅兰芳不由得感慨起来：解放了，工人阶级的地位确实提高了。

火车过蚌埠时，正赶上淮河桥断了。于是，一车人只好换乘轮渡到北岸，等候了一天。中午时分，梅兰芳去一家两层楼的饭馆吃饭，消息一经传开，满街都是围观的人群。人们拥挤到饭馆跟前，不肯离去。梅兰芳只得从二楼临街的窗户中探出头来，向人们挥手致意。

午夜路过济南，火车停靠时，只听见月台上的人群齐声高呼："欢迎梅兰芳先生！"原来，早在梅兰芳抵达泉城之前，沿线的火车站已用专线电话将梅兰芳所乘车次向北进行了通报。于是，一路之上，只要是需要停靠的站台，都少不了前来欢迎梅兰芳的人群。梅兰芳也不得不时时出来答谢一番。

对于人民群众这种自发的欢迎形式，梅兰芳十分感动，而且，他明显地感到了现在与过去的不同。他不止一次地谈起过他的这种感觉："我由上海到北平，参加全国文代大会，沿途所见的气象都是新鲜的、光明的。我坐津浦车北上，每站都有工农兵大众来欢迎，他们对我那种诚恳热烈的态度，简直描写不完。我感到这和过去时代各地戏院里观众对我喝彩的情况大大不一样了。"

这次人民群众欢迎梅兰芳的盛况，甚至传到了国家主席毛泽东的耳边。当文代会期间，梅兰芳第一次与毛主席握手时，毛主席风趣地提及，北平（今北京）人对梅兰芳的欢迎程度，不亚于解放军进北平时的情形。他幽默地对梅兰芳说："你的名气比我大。"

7月2日，中华全国第一次文学艺术工作者代表大会召开，梅兰芳出席了这次会议。在会上，见到了毛泽东、朱德、周恩来等国家领导人。

那天，梅兰芳回到招待所后，高兴地对老伴说："今天我见到了毛主席、周恩来副主席。毛主席是那样和蔼可亲，令人敬爱。周副主席对每一个代表都十分关怀。他对我说：'30年前，南开校庆，我们排演了话剧《一元钱》，北平文艺界曾邀我们来北平演出。'他说到这里，我想起来了，就说：'您在《一元钱》里演一个女子。演过之后，好像我们还开了座谈会。'周副主席笑着说：'对，虽然那是青年时代的事，但我们可以说是同行。''五四'前后，学校演新剧，都是男同学扮演女角的。"

晚上，梅兰芳兴奋得久久不能入睡。

梅兰芳演出《霸王别姬》时，毛主席出席并观看了演出。谢幕时，他和大家一同起立鼓掌。回到家里，来不及坐下休息一会儿，梅兰芳就激动地诉说起当时的情景："我一出场就看见了毛主席，坐在楼下第五排中间。他穿的是短袖白衬衫，神采奕奕地观看了演出。"停了一会儿，他接着又说："这个戏，我演了一千多场，都没有今天这样淋漓酣畅。"

在随后几年的演出生活中，令梅兰芳感触最深、也最为难忘的是，他于1953年10月率领中国人民赴朝慰问团前往朝鲜慰问演出期间，与战士们相处的日子。

独树一帜 梨园大师
——著名京剧表演艺术家梅兰芳

梅兰芳在北京向国际友人介绍京剧服装道具

在那一个来月的日日夜夜里，梅兰芳一直被包围在一种极其热烈而高昂的情绪中。他和慰问团的其他成员们一道，走平壤，赴开成，越大同江，登香枫山，从露天剧场到坑道剧场，在雨中清唱，在风里表演。

一次，慰问团在一个广场上演出时，梅兰芳为广场上那个舞台的简陋所震惊。那是志愿军战士花了一夜时间搭架起来的，舞台上面没有顶，只挂着几道幕布，一阵紧似一阵的西北风呼啸着向幕布扑来，似乎随时都会将台子刮倒似的。然而，当梅兰芳从侧幕的空隙里往外看时．却发现广场上人山人海，一直挤到了舞台前沿。有些人坐在小板凳上，有些人则席地而坐，旁边一座平台上也挤满了人。再往远处望，房顶也有人蹲在那里看。

那天计划演出的节目有《收关胜》《女起解》《金钱豹》，最后是梅兰芳和马连良的《打渔杀家》。当《收关胜》开始演出时，风刮得更大了。红脸扎靠的"关胜"出场后，迎着狂风，精神抖擞地挥舞着大刀，和同场的对手演员紧凑地开打起来。演到一半时，下起雨来，先是淅淅沥沥，后来越下越大，幕布和台毯都被打湿了，站在后台的梅兰芳衣服也被溅湿了。

10分钟后，外面的锣鼓声停止了。演出队的负责同志告诉梅兰芳，《收关胜》演完了。技工组的同志正在舞台的左面支架一座帐篷，好让乐队的同志们在里面工作。梅兰芳回过头去，正好看见他的儿子梅葆玖已经扮好了《女起解》中的苏三，一身红色的罪衣罪裙，穿得齐齐整整地站在化妆镜前面发愣。梅兰芳催促他说："你赶快出去，站在幕后，等候出场。虽然雨下得这么大，但是不能让两万多位志愿军同志坐在雨里等你一个人。"

梅葆玖刚要往外走，两位志愿军的负责干部走了进来，正好把梅葆玖和其他演员们拦住。然后对梅兰芳说："现在已经九点半，雨下得还是那么大，我们考虑到你们还有许多慰问演出工作，如果把行头淋坏了，影响以后的演出，我们主张今天的戏就不演下去了。刚才向看戏的同志们说明了这个原因，请他们归队，但是全场同志都不肯走，他们一致要求和梅先生见一见面，对他们讲几句话。"

梅兰芳被这种热情感动了，他说："只是讲几句话，太对不住志愿军同志们。况且他们有从二三百里外赶来的。这样吧，我和马连良先生每人清唱一段，以表示我们的诚意。"马连良很同意梅兰

1951年，梅兰芳携全家从上海迁回北京，住护国寺街1号（现梅兰芳纪念馆）。

芳的这种安排。于是，两人便从化妆室出来，走至台口。

　　站在扩音器前，梅兰芳向志愿军指战员们致意。他动情地说："亲爱的同志们，今天我们慰问团的京剧团全体同志抱着十分的诚意向诸位做慰问演出，可是不凑巧得很，碰上天下雨，因此不能化装演出，非常抱歉。现在我和马连良先生每人清唱一段。马先生唱他最拿手的《借东风》，我唱《凤还巢》，表示我们对最可爱的人的敬意。最后，我向诸位保证，我们在别处慰问完成后，还要回到此地来再向诸位表演，以补足这一次的遗憾。"

　　讲到这里，台下掀起如雷的掌声和欢呼声，这声音盖过了雨声、风声，响彻了整个山谷。两三分钟后，掌声和欢呼声才逐渐平息下去。清唱开始了，马连良先生唱完《借东风》后，梅兰芳唱起《凤还巢》。慰问团来到了朝鲜中部香枫山的志愿军驻地。

　　演出场所是一个在半山中开辟出来的广场。舞台前面摆着几排木凳子，坐着部队首长、战斗英雄和女同志。后面的战士则以石块当座席，最后一排的观众因为距离太远，只能站在石头上看。两边还停了许多辆卡车，车上也站满了人。舞台的左边是一排高高的山峰，山腰里横着一个巨大的木架，上面缀满了松枝，白色的木板上画着和平鸽，而那些保卫和平的战士们，有的站着，有的坐着，有的则倚在树上，形成了一座天然的大包厢。

在舞台后方一间用芦席隔开来的露天化妆室里，梅兰芳正在化装。一会儿，刚刚演完了《徐策跑城》的周信芳走进来说："今天台上的风太大，抖袖、甩髯、跑圆场的种种身段都受到了限制。"梅兰芳听说后，就开始琢磨起来：风那么大，太阳直接照在脸上，也会影响眼神和面部肌肉的运用，应该怎样力争把这出戏演好，让大家听着看着都满意呢？

正在心里盘算时，出场时间到了。梅兰芳上了舞台，确实感到身段表演和唱念在很大程度上受到了限制。于是，他一边表演，一边寻找风中动作的窍门。慢慢地，他找到了在大风中表演的规律：做身段要看风向，水袖的翻动、身子的回转，必须顺着风势进行，不然，就会被大风刮乱衣裙，破坏舞台上形象之美。正面的动作，像醉后的闻花、衔杯，以及与高、裴二力士合作的几个身段，则须多加几分力量，才能控制风中的表演动作。唱也是如此，迎着风唱，势必把嗓子吹哑，而且，还要尽量靠近扩音器，以便将歌声传到最远的一排和高高的山上去。

一天晚饭后，老舍和周信芳在散步时，听到从炊

事班战士的宿舍里传来的胡琴声，就来找梅兰芳："我们今晚组织一个清唱晚会来慰问他们一下吧。"梅兰芳笑了："您这主意很对，和我的想法不谋而合。这些同志对咱们照顾得无微不至，饮食寒暖时刻留心。而我们演出时，他们却往往没时间去看。"梅兰芳停了一下，接着说："最好再找几个人来参加，显得热闹些。"然后，便约了马连良先生一同朝那间屋子走去，山东快书说唱家高元钧先生也披着衣服赶了过来。

志愿军战士看见了他们，都纷纷站起来打招呼，有人还提议将琴师找来。梅兰芳说："不必找他们了。刚才听见胡琴响，就请那两位拉胡琴的同志给拉一下，更有意思。"一位同志介绍说:"这两位是我们的炊事员牟绍东、王占元同志,他们都会拉。"牟、王两位战士扭捏起来:"怕我们托不好你们的腔。"梅兰芳和蔼地说:"不要紧,我们会凑合你们的。"

清唱晚会开始了。马连良首先唱了《马鞍山》和《三娘教子》中的片段,周信芳唱了《四进士》,惯拿笔杆子的老舍也来自告奋勇:"我来给你们换换胃口,来一段《钓金龟》吧。"

老舍唱完,梅兰芳主动问要为自己伴奏的炊事员:"您喜欢拉哪出?"牟绍东既兴奋又紧张,点了自己最熟悉的《玉堂春》选段。在一旁的老舍先生笑了起来:"小牟真会点戏,这出戏梅先生在舞台上已经几十年不动了。今天我们也借这个机会过过瘾。"于是,在大家的注目下,梅兰芳一板一眼地唱了起来。唱完后,他满意地拍着牟绍东、王占元的肩膀说:"行!我们配合得可以说是珠联璧合。"直到这时,炊事员一直吊着的心才算最后放下,咧开嘴笑了。

压后阵的是山东快书大师高元钧。不等人们点,他先从长衫口袋里掏出两块铜片,说了几段轻松有趣的小段子,大家笑得前仰后合,齐叫:"再来一段《武松打虎》吧!"高元钧顿时精神抖擞,就在两张床中间很窄的方寸之地上,眉飞色舞、拳打脚踢地表演了武二哥在景阳冈上打虎的那段拿手杰作。

清唱会的乐声引来了更多的观众，门外空地上站满了志愿军战士，看上去黑压压的一片。他们聚精会神地细细欣赏着来自祖国的歌声。有的人用手拍着板，有的人还轻轻地跟着调子哼着腔。大家都说："像这样的清唱晚会，比看舞台上的表演还要难得啊！"

第二天，老炊事员牟绍东拿着一本纪念册来找梅兰芳："昨天晚上的事，我永远忘不了。请你给我写几句话在上面，做个纪念吧。"梅兰芳满足了这位志愿军战士的心愿。他的留言是这样写的："《玉堂春》我有十几年没有在舞台上表演了，你这次替我拉这个戏，真是值得我纪念的一件事。"

独树一帜 梨园大师
——著名京剧表演艺术家梅兰芳

创造"梅派"

京剧旦行首先成"派",是从梅兰芳创造的"梅派"开始的。梅派的特点是综合青衣、花旦和刀马旦的表演方式,唱腔醇厚流丽,感情丰富含蓄。演出的角色有从上古到近代,从天上到人间的多种不同阶层的历史与神话人物,尤其是把文学名著搬上银幕,给后代留下了无数可资楷模的保留剧目。

梅兰芳创造"梅派"的道路,也和其他流派创造者一样,先是走师承的道路,而后在师承的基础上,走自己的创新道路。

梅兰芳20岁第一次到上海演出前,他都是宗法吴菱仙,以唱青衣为主。10岁时,他在梅雨田的胡琴伴奏下,演唱了林季鸿编的新腔《玉堂春》之后,得到内外行的好评,这是他唱腔上的转折点,同时鼓舞了他对唱新腔、演新戏的钻研精神。

1913年,梅兰芳第一次和王凤卿去上海演出,在演出了《彩楼配》《玉堂春》《武家坡》之后,梅兰芳又相继演出了《穆柯寨》《虹霓关》和《枪挑穆天王》三出刀马旦的戏,收到良好的效果,使他有了信心和勇气,在创新的道路上又向前迈进了一步。

085

独树一帜 梨园大师

——著名京剧表演艺术家梅兰芳

正是这第一次上海之行，使他在改革与创新上受到极大影响，奠定了他创造流派的基础。在上海，他观看了欧阳予倩等组织"新剧同志会"上演的反映现实生活的话剧，如《家庭恩怨记》《猛回头》《热血》《社会钟》等。这些进步的戏剧，给梅兰芳以积极向上的进步思想影响，为他后来编演时装彩戏打下了坚实的思想基础。

这一新思潮，促使他半年后排演了根据北京本地的新闻编写的第一出时装新戏《孽海波澜》。1913年10月中旬，该剧分头本、二本两天演出的形式在北京鲜鱼口天乐园演出，虽然时装新戏在表演上不如传统老戏那样完善，但还是收到了剧场效果。

《孽海波澜》之后，梅兰芳又编演了《宦海潮》《邓霞姑》《一缕麻》等时装新戏和古装、历史新戏。他认为：戏剧前途趋势是跟着观众的需要和时代变化的。他不愿意总站在旧圈子里边不动，想要走向新的道路上去寻求发展。《牢狱鸳鸯》是继上面三部戏之后，编演的一出穿传统戏服装的新戏。这出戏是吴震修根据《兰苕馆外史》中《小卫玠》讲述的故事，由齐如山起草打提纲，大家讨论定稿而成的一出戏。在北京演出时，高四宝（著名老生高庆奎之父）演的县官，正高坐公堂草菅人命的时候，突然从台下跳上一老者，边骂狗官，边打演员，虽然冲淡了演出气氛，但也说明了高四宝对人物刻画得真实，使观众忘了在看戏。戏确实起到了揭露官场黑暗和抨击婚姻不自由的作用。

《嫦娥奔月》是梅兰芳以大胆革新的精神创造的当时舞台上从未出现过的古装新戏。嫦娥在月宫中上穿淡红色绣花边的软绸对襟短袄，下系白色软绸长裙，长裙系在短袄外，这与传统老戏的穿法恰好相反，腰间的丝绦上编有各种花纹，并有一条丝带插在中间，带上还打一个如意结，两旁插着玉佩。这种服装和扮相在过去的舞台上从未见过，再加上广寒宫的布景与灯光的配合，使梅兰芳编创的连唱带做的"花镰舞"和"长袖

《穆桂英挂帅》中的一场

独树一帜　梨园大师
——著名京剧表演艺术家梅兰芳

舞"，以新颖的面目开创了京剧史上古装戏的先例。

如果说《嫦娥奔月》开创了古装戏的道路，那么《黛玉葬花》《千金一笑》和《俊袭人》则开创了红楼戏的新路。1917年，梅兰芳演出了《天女散花》。为了演好这出《天女散花》，他参考了敦煌的各种"飞天"画像。为了把画中的"飞天"在天空御风而行时身上的带子被风吹得飘飘然的形象表现在舞台，他把天女的水袖取消了，改用两条长袖，用武戏的基本功把长绸抖动起来，舞成各种艺术形态。梅兰芳创造的边唱边舞的"长绸舞"，不但更好地烘托了天女御风而行的形象，也为京剧艺术的表演增添了新的表现手法，同时也把它作为中国古典艺术，献给了世界人民。

《霸王别姬》是梅兰芳把古代历史用戏剧形式反映在舞台上的一出成功的剧目。这出戏之所以受到人们的欢迎，是因为杨小楼和梅兰芳成功地塑造了两位古代英雄美人的生动形象。杨小楼开创了以武生形式扮演霸王的先例。他塑造的项羽，虽有"力拔山兮气盖世"的气概，却又有勇无谋，刚愎自用，不纳忠言，专恃武力，终于国破身亡。梅兰芳则成功地塑造了一位幼娴书剑、随夫征战、厌恶战争、颇有远见的巾帼英雄。《霸王别姬》不仅成为久演不衰的梅派剧目，表演亦为后人学习的典范。

《洛神》也是梅派名剧，在剧的高潮"川上相会"中，既有大段载歌载舞，又有三层高台的布景衬托，神话气氛非常浓郁。梅兰芳经过不懈的努力和刻苦的钻研，终于成功地创造了洛神的光彩形象。

1930年赴美演出之前，梅兰芳又编排了《宇宙锋》和《凤还巢》两部梅派剧目，并成为经久不衰的保留剧目。1959年，梅兰芳排演了他一生中最后一出新戏《穆桂英挂帅》。在这出戏中，梅兰芳借鉴豫剧、河北梆子等剧种的特点，根据剧中人物的心情，设计了成套的唱腔，尤其是"南梆子"的运用，更是始自梅兰芳，他为京剧唱腔设计开创一条先河。

纵观梅派艺术，可以归纳为三次飞跃。

第一次飞跃是1913年，首次赴上海演出后。由于这次赴沪演出，梅兰芳开阔了眼界，吸收了新思想，萌发了编新戏、演新戏的决心，结出了众多的时装戏、古装戏和昆腔剧的成果，从而提高了他的表演艺术，为形成梅派艺术打下了基础。

第二次飞跃是1930年赴美演出后产生的变化。这次赴美演出，梅兰芳为祖国争得了荣誉，成为中国戏曲史上第一个获得博士学位的京剧艺术家；又赴苏联演出，被国际戏剧界认为与苏联斯坦尼斯拉夫斯基、德国布莱希特合称为世界三大戏剧体系。

独树一帜　梨园大师
——著名京剧表演艺术家梅兰芳

第三次飞跃是中华人民共和国成立后。这时，梅兰芳虽是晚年，可他"少、多、少"的艺术理论却实践了。"少、多、少"是初登舞台的青少年演员，必定是较少的剧目与观众见面，当有了一定基础之后，剧目增多了，表演也丰富了；经过长期艺术实践，又选择了较少的剧目，作为常演的剧目，这就是"少、多、少"的艺术道路。

在长期的艺术实践中，梅兰芳对京剧唱腔、唱法、做工、念白等都进行了大胆的改革。他善于从人物出发，运用唱腔、念白、身段、表情、指法、眼神、舞蹈、武打等艺术手段，把众多的或时装、或古装、或神仙、或凡人的妇女形象刻画得细致入微，光彩照人。鲜明的特色、迷人的风韵，构成了杰出的梅派艺术。在我国戏曲艺术宝库中，梅派艺术永远是一颗晶莹璀璨的明珠。

人民群众喜爱梅兰芳，他那完美的梅派艺术，他那高尚的品质道德，给我们留下极为宝贵的精神财富。在艺术上，他勤学苦练，严肃认真，尊重传统，善于继承，博采众长，兼收并蓄，又勇于创新，勇于革新。在京剧范围内，他集青衣、花旦、刀马、老生、武生、小生、钢锤、架子花等技艺要领于一身，在京剧范围之外，他博采汉剧、湘剧、楚剧、川剧、晋剧、豫剧、秦腔、昆曲等剧之长为己用，化在自己身上，成为自己流派的血液。

身着中山装的梅兰芳

独树一帜　梨园大师
——著名京剧表演艺术家梅兰芳

永恒缅怀

梅兰芳的降生，几乎没有几个人知道；他的逝世，却使千百万人心如刀绞。1961年8月8日，一颗璀璨的巨星在世界的东方陨落了！

由周总理作为主要负责人，陈毅作为主任委员的"梅兰芳治丧委员会"当日组成。

新华社立即发出沉痛讣告，国内各大报纸和世界许多大报迅速传递这条不幸的消息，纷纷刊登梅兰芳的生平、业绩和照片。

8月10日上午，中央和北京市有关部门领导干部、各地各界代表、各国驻华使节、外交官员和在华访问的有关外国成员等2000余人，在"首都剧场"隆重举行"梅兰芳同志追悼大会"。

8月21日，香港各界一千余人，聚集九龙"普庆戏院"，举行"梅兰芳先生追悼大会"。

8月29日，灵柩移至北京西山碧云寺北麓万花山安葬。梅兰芳，世人瞩目的一代宗师，仰望蓝天，安息在青山碧野的万花丛中。

为了缅怀梅兰芳的辉煌业绩，继承与发扬他的爱国主义和国际主义精神，学习他艰苦奋斗、克己奉公、全心全意为人民服务的高尚品德，进一步推动中国戏剧的繁荣发展，中央决定在全国范围内开展经常性纪念梅兰芳的活动。

20世纪60年代初期，中央文化部、中国戏剧家协会等有关部门，联合组成"梅兰芳纪念委员会"。委员

独树一帜 梨园大师
——著名京剧表演艺术家梅兰芳

梅兰芳塑像

会决定，首先开展以下10项活动：①再版梅兰芳著作，包括《舞台生活四十年》（第一、二集）、《梅兰芳舞台艺术》《东游记》；编辑出版《梅兰芳戏曲论文集》《梅兰芳全集》《梅兰芳图片集》。②通过广播、电视向国内外介绍梅兰芳同志的艺术成就。③北京、上海两地主要报刊、画报、杂志，陆续发表介绍和论述梅兰芳同志艺术成就的文章。④1961年10月至12月间，在北京、天津、上海、武汉、广州、南京、重庆、西安、沈阳等大城市轮流举办纪念梅兰芳舞台艺术电影周，放映《梅兰芳舞台艺术》等影片。⑤在梅兰芳同志逝世周年纪念时，北京将举行一次梅派戏曲演出周。⑥在梅兰芳同志逝世周年时，举办梅兰芳舞台艺术图片、遗物展览。⑦发行一套梅兰芳舞台艺术纪念邮票。⑧编辑一部记录梅兰芳同志生前活动的影片。⑨出版《梅兰芳唱片集》，计划在一年内出版包括各项节目的密纹唱片100张，并整理出版梅兰芳同志的唱腔谱。⑩设计和修建梅兰芳同志的万花山墓地。

这10项活动，都在1961年至1963年间卓有成效地开展起来。

20世纪80年代末至90年代初，纪念活动又有声有色地开展起来。迄今为止，已见下列成效：

1. 于北京护国寺街1号梅兰芳新宅，建立"梅兰芳纪念馆",恢复当年原貌,收藏并展览梅兰芳生前的生活和艺术物品,以及梅派艺术的音、像、文、曲资料;馆内树立梅兰芳白玉塑像,由中共中央政治局常务委员、中国人民政治协商会议主席李瑞环揭幕,同时举行缅怀仪式和纪念活动。

2. 于北京建立"中国梅兰芳研究学会",吸收国内外学者为会员,全面研究梅兰芳各种成就,组织开展重大学术活动。

3. 1992年,文化部振兴京剧指导委员会、中央电视台、中央人民广播电台、《中国京剧》杂志社,在北京联合举办全国性的"梅兰芳金奖大赛"活动。

4. 1994年12月至1995年1月,文化部、广播电影电视部、北京市政府、上海市政府、江苏省政府和文化部振兴京剧指导委员会、中国文学艺术界联合会、中国戏剧家协会、中国京剧艺术基金会,在北京、上海共同主办全国性的"纪念梅兰芳、周信芳诞辰100周年"演出活动和学术研讨活动。

这一系列纪念活动的广泛开展,促使梅兰芳的伟大业绩在新的历史时期再现辉煌。

梅兰芳一生中,演出传统剧目数以百计;整理、改编和新编的梅派剧目多达几十种。20世纪30年代,有些剧目曾在国内和日本、美国、苏联拍摄舞台纪录

颐和园中梅兰芳的车子

影片。中华人民共和国成立后，其经典作品《贵妃醉酒》《霸王别姬》《洛神》《断桥》《宇宙锋》《二堂舍子》和《游园惊梦》等，均被拍摄成彩色艺术影片，合称《梅兰芳舞台艺术》电影。这些作品连同其他代表性剧目，大都由梅派艺术传人继承下来，保留演出。

梅派艺术传人，以梅兰芳之子、著名京剧表演艺术家梅葆玖为核心，现已历经三代，至今仍然为海内外华人所喜爱。美国文学博士魏莉莎女士，不仅专攻中国京剧和梅派艺术，近年还将梅派代表性剧目《凤还巢》用英语公演，遍受中外观众欢迎。

梅兰芳的表演，以"精美、雅致、崇高"和"雍容华贵"而被广大观众和中外学者所共识，由此塑造出一系列优美动人的舞台形象。苏联芭蕾舞大师乌兰诺娃推崇他的表演是"美的化身"！

苏联戏剧大师斯坦尼斯拉夫斯基称："我有幸结识了梅兰芳博士的戏剧，这次接触使我惊叹不已，同时

也使我深受鼓舞。这是同伟大的艺术、第一流的戏剧相结识……梅兰芳博士以他那无比优美的姿态开启一扇看不见的门……所以，梅兰芳博士，这位动作节奏匀称、姿态精雕细凿的大师，在一次同我交谈中强调心理上的真实是表演自始至终的要素时，我并不感到惊奇，反而更加坚信艺术的普遍规律。"

美国戏剧大师斯达·杨赞叹梅兰芳的表演时说："在我们听来，他的音乐尽管那么陌生，他嗓音作为一种表演艺术的媒介，却显然表达了一种十分了不起的柔和、响亮而富有戏剧性的音色；他那种控制肌肉的能力基于舞蹈和杂技的训练，是卓越非凡的；面部表情准确而且提炼到我们在中国优美的雕像中所见到的那种严谨而纯净的地步……目前这次演出成为一件大事并且值得我们重视，主要是因为它纯洁而完整，远远超过任何西方戏剧中的东西。"

日本学者内藤湖南称梅兰芳的表演是："仪态舞容的艳异冶丽的特色，不管懂不懂中国剧，都使我国观众为之神魂颠倒！"

我国戏剧艺术家欧阳予倩赞称梅兰芳是"真正的演员，美的创造者"！马少波对梅兰芳的表演赞叹为："他的舞台动作都是为了传达人物的思想感情的，经过精神的选择和提炼，进入一种随心所欲，无不传神的

化境……他把美撒向人间！多少年来，他在中国人民
观念中是美好的象征。"

——著名京剧表演艺术家梅兰芳

独树一帜 梨园大师

中华魂·百部爱国故事丛书
提　要

《誓与禁烟相始终——民族英雄林则徐》

林则徐严禁鸦片，坚决抵抗西方列强的侵略，坚持维护国家主权和民族利益。他是中国近代历史上第一位睁眼看世界的人，是抗击帝国主义殖民侵略的第一人，是中华民族抵御外侮过程中伟大的民族英雄。

《血洒虎门御敌寇——抗英将军关天培》

民族英雄关天培，在第一次鸦片战争中为了抗击英国侵略者的入侵而血洒虎门，为国捐躯，谱写了一曲可歌可泣的英雄赞歌。关天培用他的生命，书写了中国人民反抗外侮的历史。

《威震镇海靖节魂——抗敌英雄裕谦》

在第一次鸦片战争期间的众多牺牲者中，有一位官阶最高，他就是两江总督裕谦。裕谦与外国侵略者斗争立场坚定，与国内妥协派、投降派斗争态度坚决。裕谦督战镇海，与英国侵略军浴血奋战、临危不惧，以身报国，浩气长存。

《斩邪留正解民悬——太平天国领袖洪秀全》

农民出身的洪秀全，从失意文人到起义领袖，经历了长期的思想演变过程，在外敌入侵、清朝政府腐朽的历史环境之下，顺应时代的潮流，成长为一位非凡的历史英雄人物，建立了与清朝政府相抗衡的农民政权——太平天国。

《仰承汉唐　荟萃中外——近代数学家李善兰》

李善兰是我国19世纪重要的科学家之一，在数学、天文学、力学等方面都有重大建树。他继承了我国古代数学的成就，又以极大的热情传播西方科学文化，"仰承汉唐，荟萃中外"，把自己的一生献给了科学事业。

《严谨治学　勇于探索——近代著名数学家华蘅芳》

华蘅芳，中国近代数学家之一。其精通中国古算学，并熟练掌握西方近代数学，是中国验证抛物线并著书立说的参与者。为了证明"外国有的，中国也能造"而鞠躬尽瘁，在引进西方科学技术、传播科学知识上贡献卓著。

《折冲樽俎护山河——近代著名外交家曾纪泽》

曾纪泽是中国近代史上著名的爱国外交家，在中俄伊犁交涉事件中，他秉承抵抗列强、保卫国家的坚定意志，利用外交手段全力同沙俄抗争，捍卫了国家主权、民族尊严，收回了祖国的领土，在近代中国外交史上留下了光辉的一页。

《甲午海战留英名——民族英雄邓世昌》

邓世昌，北洋水师名将。本书以邓世昌的成长过程为线索，以代表性的历史故事为主要内容，还原真实的历史事件，突出鲜明的人物性格。邓世昌因在中日甲午海战中突出的英雄气概而名垂史册，书写了伟大的爱国主义篇章。

《誓与舰队共存亡——北洋水师提督丁汝昌》

丁汝昌处在清朝政府的腐朽和李鸿章的专断下，难以施展爱国的抱负，壮志未酬，愤恨而终。但丁汝昌为建立近代海军作出的巨大贡献，带领北洋舰队爱国官兵勇抗强敌的英雄事迹，将永远为后代所传颂。

《镇南关上凯歌扬——抗法老英雄冯子材》

1885年中法战争中，年逾古稀的冯子材为抵御外国侵略，勇赴国难，大败法军于镇南关，并乘胜追击，接连收复文渊、谅山等地，从根本上扭转了中法战争的局面，成为近代民族英雄的杰出代表。

《屡败法军逞英豪——黑旗军将领刘永福》

刘永福是黑旗军的创建者，是农民出身的杰出军事家、政治活动家。在19世纪发生的援越抗法、中法战争中，他率部与帝国主义侵略者进行了殊死的战斗，建立了卓越的功勋，成为我国近代史上著名的民族英雄，为后世所景仰。

《矢志变法强国家——戊戌变法领袖康有为》

康有为是清末民初最有影响力的思想家之一。他领导了中国知识界的启蒙运动，掀起了一场自上而下的政体改革。他最早在中国提出了立宪政体和具体的宪政方案，主张在坚持儒家传统和帝制的前提下，学习西方经验，他的进步思想对近代中国具有深远的影响。

《开民智以报国　普新知而图强——戊戌变法思想家梁启超》

梁启超，中国近代史上著名的政治活动家、启蒙思想家、史学家、文学家，戊戌变法领袖之一。本书以百日维新思想家梁启超的成长过程为线索，以代表性的历史故事为主要内容，还原真实的历史事件，突出鲜明的人物性格。

《我自横刀向天笑——维新志士谭嗣同》

谭嗣同在民族危机的严重时刻，投身改革救中国的洪流。为了带给祖国一个光明的未来，紧要关头，他挺身而出，用自己的鲜血激励后人，把宝贵的生命献给了变法事业。

《睡乡敢遣警世钟——用生命警策国人的陈天华》

陈天华是民主革命的活动家和宣传家。他写的《猛回头》《警世钟》等书，起到了革命启蒙的重大作用。为了激发留日学生的爱国情怀，他不惜投海自杀，演出了近代史上感人至深的一幕，给后人留下了难忘的印象。

《革命军中马前卒——民主斗士邹容》

革命乃"至尊极高，独一无二，伟大绝伦之一目的"；它是"天演之公例，世界之公理，顺乎天而应乎人"的伟大行动。因此，必须"仗义群兴革命军"。他激情高呼："革命独子万岁！中华共和国万岁！"这就是《革命军》的作者，中国近代著名资产阶级革命宣传家邹容。

《休言女子非英物——鉴湖女侠秋瑾》

为民族解放和妇女解放而英勇斗争的秋瑾，冲破封建礼教的思想牢笼，打碎封建精神枷锁，崇仰真理，追求光明，主张共和，坚持男女平等，最终献出了自己年轻的生命。

《血溅校场　杀身成仁——民主斗士徐锡麟》

本书讲述了反清志士徐锡麟弃文从武、投身反清革命事业，最终被清政府杀害的故事。出于对国家的热爱，徐锡麟献出自己的生命，他的事迹将永远激励后人深切缅怀这位民主革命的先驱。

《生可死耳　我志长存——献身民主的禹之谟》

禹之谟，民主革命党人，同盟会会员，近代资产阶级革命家、实业家。1886年，20岁的禹之谟"提三尺剑，挟一卷书"游历四方，研究西方社会政治学说，忧国忧民之心日趋强烈。戊戌变法失败，他丢掉改良幻想，倡革命救亡之说，走上民主革命道路。

《物竞天择　适者生存——资产阶级启蒙思想家严复》

严复是中国近代著名的启蒙思想家、翻译家和教育家。他长期从事教育和翻译事业，为近代中国人才培养和思想启蒙做出了重要贡献，同时他也为中国的翻译事业和中西思想文化交流做出了重要贡献。

《辛亥革命急先锋——资产阶级革命家黄兴》

黄兴，清末民初资产阶级革命家，中华民国开国元勋。黄兴在武昌首义及辛亥革命时期的爱国表现，与孙中山闻名于当时，常被时人以"孙黄"并称。本书以资产阶级革命活动实干家黄兴的成长过程为线索，歌颂了先辈伟大的爱国主义精神。

《矢志革命　百折不回——近代民主革命家廖仲恺》

廖仲恺追随孙中山踏上了创立民国与捍卫共和制的旧民主主义革命

独树一帜　梨园大师
——著名京剧表演艺术家梅兰芳

之路；在新民主主义革命时期，他为建立、巩固首次国共合作和实施三大政策，英勇奋斗，为国殉职，洒尽了一腔热血。

《将军拔剑南天起——护国英雄蔡锷》

蔡锷是中国近代史上的杰出军事家、爱国者。他的一生短暂而伟大。辛亥革命爆发，他毅然投身于革命洪流之中，领导云南重九起义，对武昌起义积极响应。袁世凯窃国复辟、恢复帝制的阴谋暴露出来以后，他又毅然举起了武装讨袁的旗帜。

《反帝反封建运动——五四青年的爱国故事》

五四运动是一次伟大的反帝反封建的爱国运动；是一个伟大的历史转折点；是中国人民的斗争从挫折走向胜利的一个关节点，它为中国的前进开辟了一条全新的道路，拉开了中国新民主主义革命的序幕。

《思想自由 兼容并包——著名教育家蔡元培》

蔡元培是中国近现代著名的民主革命家和教育家，一生经历风雨，却始终信守爱国和民主的政治理念，致力于废除封建主义的教育制度，奠定了我国新式教育制度的基础，为我国教育、文化、科学事业的发展做出了富有开创性的贡献。

《为国家争光 为民族争气——中国铁路之父詹天佑》

詹天佑是我国最早的杰出铁道工程师，因主持建造京张铁路而闻名中外，被誉为"中国铁路之父"。他为祖国的铁路事业贡献了毕生的精力。本书向读者展示了詹天佑热爱祖国、科技兴国的辉煌人生。

《实业救国 衣被天下——轻工之父张謇》

张謇是爱国实业家、教育家。他年轻时中过状元。过了40岁，开始投身工商实业活动中，他的名言是"富民强国之本在于工"。在南通，创办大生丝厂、银行等各种实业。并将创办实业的大部分所得投入教育。他的观点是，教育和实业一样，也是"富强之大本"。

《心向革命 追求光明——平民将军冯玉祥》

冯玉祥将军"是一位从旧军人转变而成的坚定的民主主义战士"。

抗日战争期间，他辗转各地，用实际行动积极抗战。日本战败投降后，他为了断绝美国的援蒋内战，又在美国四处演说，揭露蒋介石统治之黑暗，痛斥美国阴谋分裂中国的不良行为。

《刑场上的婚礼——革命烈士周文雍 陈铁军》

周文雍是广州起义的主要领导人之一。陈铁军出身于华侨商人家庭，却毅然投身革命洪流。1928年1月，两人接受派遣，回到广州假扮夫妻从事革命斗争，却不幸被捕。临刑前，两位烈士将敌人的枪声当作自己婚礼的礼炮，用生命和爱情谱写出一曲千古绝唱。

《星星之火 可以燎原——井冈山斗争的故事》

1927—1929年，毛泽东、朱德等老一辈革命家，在井冈山创建了农村革命根据地，进行了艰苦卓绝的斗争，建立了新型革命武装，点燃了工农武装革命之火，找到了农村包围城市最后夺取政权的中国革命的正确道路。

《新民学会的主要发起人——中国共产党早期革命家蔡和森》

蔡和森青年时期曾与毛泽东等人一起组织进步团体新民学会，参加五四运动，并在赴法国勤工俭学时研读大量马克思主义著作，回国后以满腔热忱投身革命事业，成为中国共产党早期重要的理论家和宣传家。

《威震黄浦江畔 高奏抗日壮歌——一·二八淞沪抗战》

面对日本侵略者的挑衅，十九路军在蒋光鼐、蔡廷锴的带领下，高举义旗，奋力一搏。一·二八淞沪抗战，是中国军人捍卫军人荣誉和祖国尊严所发出的吼声，谱写了一曲抗击日军侵略的英雄壮歌。

《将军恨不抗日死——慷慨就义的吉鸿昌》

在国难深重的20世纪30年代，吉鸿昌将军因拒绝执行国民党指示，坚决不打内战，被迫携眷出国"考察"。回国后，他加入中国共产党，组织了民众抗日同盟军，英勇打击日本侵略者，后于1934年11月被国民党反动派杀害。

独树一帜 梨园大师

——著名京剧表演艺术家梅兰芳

《献身革命　甘于清贫——梅岭忠魂方志敏》

大革命失败后，方志敏凭着"两条半步枪"起家，身经百战，创建了赣东北革命根据地和红十军。本书真实记录了方志敏投身于革命、领导红军和敌人进行艰苦卓绝斗争的经历，歌颂了烈士贫贱不移、威武不屈、献身革命的高尚品质。

《奏响中华最强音——人民音乐家聂耳》

聂耳在他有限的生命中创作了数十首革命歌曲，在抗日救亡运动中，聂耳的这些歌曲产生了广泛深远的影响。他的音乐创作为中国无产阶级革命音乐的发展指明了方向，树立了榜样。

《横眉冷对千夫指——中国文化革命主将鲁迅》

鲁迅不但是伟大的文学家，而且是伟大的思想家和伟大的革命家。在那风雨如晦的黑暗年代里，他以笔为投枪，同一切帝国主义和反动派进行了顽强的战斗，为中国人民树立了一个不朽的丰碑。他是新文化战线上的一面光辉旗帜，是我们伟大民族的灵魂。

《铁流两万五千里——红军长征的故事》

红军长征是人类历史上的一次伟大的壮举。第五次反"围剿"失败后，中国工农红军的三大主力在极端艰难的条件下，突破国民党军队的围追堵截，进行了史无前例的战略大转移，总行程达两万五千里以上。途中发生了许多动人故事，至今令人难以忘怀。

《荣辱不移革命志——创建陕北红军的刘志丹》

刘志丹是杰出的无产阶级革命家、军事家，西北红军和西北革命根据地的主要创始人之一。他一生热爱人民，追求真理，英勇善战，百折不挠，艰苦奋斗，忠心赤胆，为创建红军和革命根据地、为中国人民的解放事业建立了不可磨灭的功勋。

《英名永存北平城——爱国将领佟麟阁　赵登禹》

1937年7月28日，日军向北平郊区发动进攻。第二十九军副军长佟麟阁奉命在南苑率部与日军苦战，腿部受伤，头部被敌机炸伤，壮烈殉国。第一三二师师长赵登禹指挥部队顽强抵抗日军，右臂中弹负伤，仍继续作战。后在转移途中遭日军截击而牺牲。

《八百壮士　四行仓库铸军魂——谢晋元和他的战友们》

八一三抗战，中国军人以血肉之躯揭开全面抗战的帷幕。这是一场血战，是中国军人不屈不挠的英雄诗篇，其中的八百壮士守四行，成为这首英雄颂歌中最动人、最凄美的音符。一曲四行保卫战，铸就了不屈的军魂。

《八女投江　气贯长虹——八位抗联女战士》

抗日战争时期，以冷云为首的东北抗日联军8名女战士，为捍卫民族尊严，面对凶残的日寇，镇定自若，宁死不屈，投江殉国，表现了中华民族同敌人血战到底的英雄气概。她们的光辉形象，激励着千千万万的后来人。

《艰苦抗战　威震敌胆——著名抗日英雄杨靖宇》

杨靖宇将军是我国著名的抗日民族英雄。曾先后担任磐石游击队政治委员、东北抗日联军第一军军长兼政委、抗日联军总司令等职。领导军民对日寇坚持了长达9个年头的艰苦卓绝的斗争，最终以身殉国。

《死也不当亡国奴——镜泊抗日英雄陈翰章》

陈翰章，从1932年8月投笔从戎，直到1940年12月8日为抗击日本侵略者，战死在镜泊湖畔。他在抗日疆场上奋战了九年，他那可歌可泣的英雄事迹将为人们永世传颂。

《名将殉国　气壮山河——抗日将军张自忠》

著名抗日将领、民族英雄张自忠，生于忧患的时代，抱有"宁为百夫长，胜作一书生"的志向，经历过失败与低谷，最终成就了慷慨人生。本书主要以人物活动为主，勾画出一个真正的"民族魂"鲜活的人生，会带给读者振奋的力量。

《宁死不辱战士名——狼牙山五壮士》

1941年日寇在河北易县"扫荡"。为掩护群众和主力部队撤退，五位八路军战士毅然把敌人引上了狼牙山棋盘坨峰顶绝路。弹尽粮绝、无路可退，五位英雄纵身跳下了万丈悬崖，用生命和鲜血谱写出一曲惊天地泣鬼神的壮举。

《太行浩气传千古——抗日名将左权》

左权，中国工农红军和八路军高级指挥员，著名军事家。是八路军在抗日战场上牺牲的最高指挥员。名将阵亡，太行山为之垂首，全党为之悲痛。周恩来称他"足以为党之模范"，朱德赞誉他是"中国军事界不可多得的人才"。

《虎将兴关外　抗倭统雄师——抗联英雄赵尚志》

本书描写了久经考验的共产党员、东北抗联的创建者和主要领导人赵尚志，在艰苦卓绝的条件下，坚持抗战，威震敌胆，战功卓著，忍辱负重，忠贞不屈，为国捐躯的英雄故事，为青少年读者呈上一部爱国主义的佳作。

《黄埔之英　民族之雄——抗日名将戴安澜》

抗日名将戴安澜，先后参加保定、漕河、台儿庄、武汉、昆仑关等战役，作战英勇，屡建奇功；入缅作战，"扬威国外，藉伸正义"；守东瓜，复棠吉；殒身缅北，遗恨丛林，马革裹尸，成就了光辉的一生。

《爱国志士　民主先锋——新闻出版家邹韬奋》

本书讲述了邹韬奋献身新闻出版事业的奋斗历程，展现了一位新闻工作者坚定的革命信念和炽热的爱国主义精神，全心全意为人民服务、为读者服务的奉献精神，歌颂了他的高尚情操和优良品质。

《为抗战发出怒吼——人民音乐家冼星海》

人民音乐家冼星海，青年时期在巴黎求学，饱尝屈辱与磨难；学成后毅然回到多灾多难的祖国，用满腔热忱谱写激昂的音乐，鼓舞中华儿女的斗志；奔赴延安，谱写出不朽的名作《黄河大合唱》，发出中华民族抗日救亡的怒吼。

《全民皆兵 抗击日寇——抗日战争的故事》

中国人民进行的十四年抗战，是一百多年来中国人民反对外敌入侵第一次取得完全胜利的民族解放战争。这场战争是以国共两党合作为基础，有社会各界、各族人民、各民主党派、抗日团体、社会各阶层爱国人士和海外侨胞广泛参加的全民族抗战。

《捧着一颗心来 不带半根草去——人民教育家陶行知》

陶行知是我国现代教育史上伟大的人民教育家、教育思想家。他从青年起就立志献身教育事业，以"捧着一颗心来，不带半根草去"的赤子之心，为人民的教育事业鞠躬尽瘁。

《为民主与和平拍案而起——民主斗士闻一多》

闻一多早年与梁实秋等人发起成立清华文学社。赴美留学期间由对祖国的深深眷恋而创作著名的《七子之歌》。后在西南联大任教8年，积极投身于抗日运动和争取民主的斗争，发表了著名的《最后一次讲演》。

《铁窗难锁钢铁心——革命先烈王若飞》

王若飞是我党早期杰出的无产阶级革命家。在艰苦卓绝的斗争中，他出生入死，屡建奇功，以超人的睿智和胆略，在敌人的监狱中，同敌人展开了殊死的较量，为抗战的胜利和新中国的诞生做出了卓越的贡献。

《横扫千军 还我河山——抗联名将李兆麟》

李兆麟是东北抗日联军创建人之一，他率领抗日联军历尽千难万险与日本侵略者浴血奋战，在极其艰苦的条件下，保存了抗日联军的有生力量，为东北光复做出了重大贡献。

《锄头开出新天地——解放区大生产运动》

为了解决困难，渡过难关，党中央号召党政军民齐动手，开展大生产运动。中国共产党在其控制区域内发动的一场军队屯田和鼓励生产的群众运动，达到了自己动手丰衣足食，共度难关，既进行革命又进行生产自足的目的。

独树一帜 梨园大师
——著名京剧表演艺术家梅兰芳

《生的伟大　死的光荣——女英雄刘胡兰》

刘胡兰，坚贞不屈的少年女英雄。生前对我国劳动人民的解放事业无限忠诚，在敌人威胁面前，大义凛然，毫无惧色，英勇牺牲，表现了共产党员的高贵品质。

《饿死不领美国救济粮——爱国知识分子的楷模朱自清》

朱自清作为爱国知识分子的典型，以锐利的笔锋直言痛斥反动政府的暴行，体现了他崇高的爱国情怀和不畏恶势力的精神品格。毛泽东曾给朱自清先生以高度评价："一身重病，宁可饿死，不领美国的'救济粮'"，"表现了我们民族的英雄气概"。

《为了新中国前进——舍身炸碉堡的董存瑞》

伟大的英雄，中国人民的儿子董存瑞，从儿童团长成长为一名光荣的解放军战士，在1948年解放隆化县城时，舍身炸碉堡，为新中国献出了自己年轻的生命。他的英雄形象永远留在人民心里。

《宁死不屈的共产党员——革命烈士江竹筠》

江竹筠，就是著名的江姐。1947年春，她负责《挺进报》工作，只几个月的时间，报纸就发行到1600多份，引起了敌人的极大恐慌。由于叛徒出卖，江姐不幸被捕，惨遭毒刑的残酷折磨，仍坚贞不屈。最后被特务秘密枪杀，年仅29岁。

《抗美援朝　保家卫国——志愿军的战斗故事》

抗美援朝战争是中国人民志愿军为援助朝鲜人民、保卫祖国安全，与美国为首的"联合国军"发生的战争。在朝鲜牺牲的志愿军烈士们，他们英勇的战斗事迹、保家卫国的精神值得我们发扬光大。

《上甘岭上壮烈歌——黄继光和他的战友们》

在1952年10月的上甘岭战役中，黄继光和他的战友们在零号阵地半山腰被敌机枪火力点压制，此时，黄继光身上已经多处负伤，手雷也已全部用光。为了完成任务，减少战友的伤亡，他用自己的胸膛堵住正在扫射的敌机枪射孔，为反击部队扫清了前进的道路。

《诗书印画　全入神品——国画大师齐白石》

　　齐白石出身贫寒，做过农活，当过木匠，后改学雕花木工，从民间画工入手，摹古人真迹，学诗文书法，融汇古今，而诗、书、印、画俱佳；他将中国画的精神与时代的精神统一得完美无瑕，使中国画得到国际的重视，无愧于"国画大师"的称号。

《毕生为文化而奋斗——中国第一出版家张元济》

　　张元济参与、主持和督导商务印书馆近六十年，使其从简单的印刷企业转变为当时中国教育出版的旗帜。张元济一生爱书，在中华大地动荡不安的年代里，他用自己对文化的热爱，续存着中华民族灿烂悠久的文明之光。

《独树一帜　梨园大师——著名京剧表演艺术家梅兰芳》

　　梅兰芳，京剧大师，演唱风格独树一帜，世称"梅派"。曾先后赴日本、美国、苏联演出，并荣获美国波摩那学院和南加州大学的荣誉文学博士学位。作为一位爱国者，抗战期间蓄须明志，拒绝为日本人演出，为后世称颂。

《华侨旗帜　民族光辉——爱国侨领陈嘉庚》

　　陈嘉庚是著名的爱国华侨领袖、企业家、教育家、慈善家、社会活动家。他为辛亥革命、民族教育、抗日战争、解放战争、新中国的建设做出了卓越的贡献。生前被毛泽东誉为"华侨旗帜、民族光辉"。

《向雷锋同志学习——伟大的共产主义战士雷锋》

　　雷锋，一个平凡而伟大的共产主义战士，一心向着党，一生秉承着全心全意为人民服务、无私奉献的崇高思想；发扬刻苦学习和钻研理论的"钉子"精神；坚持勤俭节约、艰苦奋斗的优良作风。毛泽东为其题词："向雷锋同志学习。"

《人民的好公仆——县委书记的好榜样焦裕禄》

　　焦裕禄，被誉为县委书记的好榜样。他用自己的革命精神，展开了与大自然、与社会落后现象、与病魔的多重抗争，让我们领略到一个共产党人的生之伟大、死之壮美的人格品质和具有现实教育意义的精神魅力。

《文学巨匠 京味大师——人民作家老舍》

老舍是我国现代小说家、文学家、戏剧家。他用融入骨髓的真诚文字反映生活的喜怒哀乐。老舍的一生，总是在忘我地工作，他是文艺界当之无愧的"劳动模范"，生前被北京市人民政府授予"人民艺术家"的称号。

《革命老人——无产阶级教育家徐特立》

徐特立是一代伟人毛泽东的老师。他出生在贫苦家庭，大部分时间生活在动荡艰苦的年代；他刻苦勤奋，不畏艰辛，追求光明，一生勤俭，为革命培养了大量的人才；他对党和人民任劳任怨，鞠躬尽瘁。他坎坷奋斗的一生，留下了许多可歌可泣的故事。

《人生能有几回搏——新中国第一个世界冠军容国团》

容国团先后担任中国乒乓球队运动员、女队主教练。获得1959年男子单打世界冠军；1961年夺得男子团体世界冠军；作为中国女队主教练，1965年率女队第一次夺得女子团体世界冠军。他的"人生能有几回搏"的豪言，举国传诵。

《石油工人一声吼 地球也要抖三抖——铁人王进喜》

王进喜，新中国第一批石油钻探工人。他为祖国石油工业的发展和社会主义建设立下了不朽的功勋，在创造了巨大物质财富的同时，还给我们留下了宝贵的精神财富——铁人精神。他被评为"百年中国十大人物"，写入中华民族的光辉史册。

《做人民需要我做的事——著名地质学家李四光》

李四光是一位伟大的科学家，他一生从事地质学研究工作，足迹遍布祖国的山川，为祖国探明了许多地下宝藏；他创建了崭新的学说——地质力学；他历尽重重困难，为正确认识地质构造开辟了一条新路。

《中国化学工业的先驱——著名化学家侯德榜》

为摆脱纯碱需要进口的窘况，20世纪初，怀着"实业救国"梦想的中国化工先驱侯德榜等人创办了永利碱厂，并立志生产出中国人自己的碱。1926年，永利碱厂终于成功地生产出"红三角"牌纯碱，从此中国制碱业得以跨入世界先进行列。

《毕生求是　一丝不苟——著名科学家竺可桢》

著名科学家竺可桢献身科学研究；治学严谨，一丝不苟；一生廉洁，两袖清风；作风民主，爱护学生。他以爱国之心、报国之志，从一个民主主义者逐渐成长为一个共产主义战士。

《热爱自然的大地之子——著名植物学家蔡希陶》

蔡希陶，五十载风雨，五十载坎坷，五十载奋斗，五十载开拓，为了发现对人类生产、生活有用的植物及新物种的引进而做出巨大贡献，在中国的植物资源学史上将永远镌刻着他的名字。

《高洁无私的襟怀——知识分子的楷模蒋筑英》

蒋筑英是中国当代知识分子的先锋典范，他不为名，不为利，尊重科学；他以坚忍的毅力和顽强的作风，在科学的道路上呕心沥血，鞠躬尽瘁，无私地奉献了青春和生命。

《迎接新生命的天使——卓越的妇产科专家林巧稚》

林巧稚是国内外享有盛誉的妇产科专家。在五十多年的医学教育和临床实践中，林巧稚亲自接生了五万多婴儿，治愈了数千病人，培养了数以百计的专门人才，为我国的妇女儿童事业做出了不可磨灭的贡献。

《独自成千古　悠然寄一丘——国画大师张大千》

张大千是20世纪中国画坛最具传奇色彩的国画大师，无论是绘画、书法、篆刻、诗词无所不通。在艺术界深得敬仰和追捧，艺术家们用真挚的感情，用绘画和雕塑展现了"张大千"多彩的艺术形象。

《建造中国的通天塔——著名数学家华罗庚》

中国当代著名数学家华罗庚，为中国数学的发展做出了无与伦比的贡献，他是中国解析数论、典型群、矩阵几何等多方面研究的创始人与开拓者，也是我国最早将数学理论研究与生产实践紧密结合的科学家。

《问鼎长天 强我国威——两弹元勋邓稼先》

邓稼先是我国著名科学家，参加组织和领导我国核武器的研究、设计工作，从对原子弹、氢弹原理的突破和试验成功及其武器化，到新的核武器的重大原理突破和研制试验，作出了重大贡献。是我国核武器理论研究工作的奠基者之一，被誉为"两弹元勋"。

《敢叫天堑变通途——桥梁专家茅以升》

中国著名的桥梁专家茅以升从小立志为祖国建造桥梁，经过不懈努力，他不仅设计建造了一座座宏伟壮观、坚固实用的道路桥梁，而且搭建了一座座友谊之桥，为祖国建设作出了卓越贡献。

《蘑菇云之梦——核物理学家钱三强》

被誉为"中国原子弹之父"的核物理学家钱三强，更名后立志于科技报国；24岁投师于世界著名核物理学家居里夫妇；与夫人何泽慧合作，发现铀的"三分裂""四分裂"现象；统领我国的原子大军，做了大量创造性工作。

《两离桑梓地 满怀雪域情——领导干部的楷模孔繁森》

孔繁森，是一位一尘不染、两袖清风的好干部。两次进藏工作，历时十载，为西藏的建设、发展和稳定作出了突出的贡献。1994年11月，孔繁森不幸以身殉职。人民群众称他为新时期领导干部的楷模。

《摘取数学皇冠上的明珠——著名数学家陈景润》

陈景润是享誉世界的数学家，为了证明"哥德巴赫猜想"，他以惊人的毅力在数学领域里艰苦跋涉，终于攻克了世界著名数学难题"哥德巴赫猜想"中的"1+2"，创造了中国乃至世界数学史上的辉煌。

《学术独步　饮誉四海——享有国际威望的科学家卢嘉锡》

卢嘉锡是一位在国际科学界享有崇高威望的物理化学家、化学教育家和科技组织领导者。1945年，卢嘉锡满怀"科学救国"的热忱回到祖国，对中国原子簇化学的发展起了重要推动作用，他所指导的新技术晶体材料科学研究，也取得了重大成绩。

《德艺双馨　梨园楷模——著名豫剧表演艺术家常香玉》

常香玉1941年赴陕甘演出。1948年在西安创办香玉剧社。1951年为支援抗美援朝，率剧社巡回西北、中南、华南各地演出，以演出收入捐献"香玉剧社号"战斗机一架，素有"爱国艺人"之誉。

《文学大师　激流勇进——著名作家巴金》

本书以巴金生平和主要事迹为线索，回顾和展示现代著名作家巴金的一生，以期让人们看到巴金在这风云变幻的100多年中，有过成功的欢欣，有过屈辱的磨难，有过痛苦的忏悔，有过平静的安宁。巴金的人生，映照着一代中国五四知识分子坎坷而不平凡的命运。

《壮心系科学　孜孜为国昌——理论化学家唐敖庆》

本书讲述了唐敖庆从出国求学、学业有成、回国任教，到服从安排、艰苦工作、刻苦钻研，最终成为中国量子化学奠基者的过程。让人们看到了这位著名化学家的赤心爱国、严谨治学、大公无私的崇高品格和科研上的卓越成就。

《中国导弹之父——著名科学家钱学森》

当第一颗原子弹升空的时候，当中国的人造卫星奏响《东方红》的时候，当中国运载火箭腾空而起的时候，当中国研制的导弹准确命中目标的时候，人们都会想起他的名字：中国导弹之父钱学森。

《中国近代力学的奠基人——著名科学家钱伟长》

钱伟长曾以中文和历史两个100分的成绩考入清华大学。九一八事变后，钱伟长毅然放弃了文科的学习而转为理科。他是中国近代力学、应用数学的奠基人之一，在固体力学、流体力学以及航空航天领域，取

独树一帜　梨园大师——著名京剧表演艺术家梅兰芳

得了卓越的成就，为新中国的现代化建设付出了毕生的精力。

《中国光学科学的奠基人——著名科学家王大珩》

王大珩是我国著名的科学家，中国光学科学的奠基人。他先在清华就读，后赴英国求学，学业有成，立志科学救国，其成就享誉神州。他以科学的求是精神和赤诚的爱国情怀，探索着中国光学发展的闪光之路。